Snow
Hunters

by_
Paul Yoon

异乡人

[美] 保罗 · 尹 —— 著　胡绯 —— 译

献给

劳拉

我心之所属

我看见树中有树

拔地而起，变幻万千

枝叶如魔魅

——克里斯汀·威曼

孩子们在林间

一个跌下来

被另一个稳稳接住

——迈克尔·翁达杰

目录

The first chapter

炎热的国度

他还不习惯这个炎热的国度。此地正值夏季，他不知道这地方哪儿有阴凉的角落，除了夏天是否还有别的季节；他也不知道，如果行程够快够远，是否便可一路经过春秋冬夏。

那年冬日，他在一场雨中抵达巴西。

他走的是海路，货船上唯一的乘客。天气在旅途最后几天暖了起来，他说起此地居然无雪，船员们哄堂大笑。他们正在把鱼往甲板上扔，讨个吉利——船员们总这么干，而他在一旁打量。鸟儿们时而在风中翻飞，时而一头扎进碧波。他在等船靠岸，此前他还从未见过大海，从未经历过这般远航；他名叫亚汉，二十五岁。

他身穿一件灰色旧西装，有点大了；头戴一顶窄檐帽。这套原本不是他的衣饰，是在战俘营时别人给的，后来，年轻护士——那位美国女郎取出他原来穿的军装小心叠好，尽管军装已又旧又破，不再像个样子。

他记得她双肩单薄，阳光晒黑了她的玉颈。女护士对他很好，多年来一直如此。但他未与她辞别，倒是辞别了警卫和医生。这两拨人在狭长地带的帐篷下站成一列，那方天空总是低沉辽阔，时时有风刮来，带着土壤、疾病的气息，以及附近农场里牲畜的动静。他被护送到一辆联合国安理会卡车的后厢。前一晚刚下过雪，他离开的那天却颇为晴朗。

那片旷野上有许多帐篷；还有屋棚、围墙、塔楼和人群。他仰靠着卡车，掩映在一闪而逝的树影下，身上的西装质地柔软，有股库房的霉味。这味道对他来说倒挺新鲜，算不上多糟糕。远处有人遥遥挥手，他闭上眼睛，想着城堡。

人们还给了他一个帆布包，里面装着备用衬衫和长裤，还有一封信，写有他的住处和工作。他把信收在夹克口袋里，掖在叠好的手绢后面。

时近破晓，航船已快抵岸，雨就下了起来，慢腾腾、轻飘飘，于是众人都待在了甲板上。亚汉感觉雨滴轻叩帽檐，沿着肩膀不见了踪影。眼下他已经长出了胡须，双眼被海风刮得又干又赤，头发剪得挺短。在战俘营，他留的就是这种发型，护士动不动给他剪发，瞧瞧有没有长虱子。

他已经能够望见岸边。第一眼望去活像一片云，随后轮廓渐渐分明，变了个模样：他望见屋顶上铺着的砖瓦，望见石块、刷得白生生的墙壁，随着崇山峻岭起起伏伏。

眼前出现了港口，接着是支支桅杆和片片船帆，轮船散发的烟雾在其上高高升起。码头上隐约有些动静：下船的乘客、接人的人群，还有卸货的工人。

碧波之上，小城渐露身影。他们的船进了港口，小心翼翼地贴近码头，大海的静谧悄然退去，众人眨眼间被嘈杂包围：对话声、引擎声、绳索紧勒滑轮的声音。商贩们聚在码头上，抬头张望所有的船只，挥着胳膊，高举起兜售的货物。渔民卸下船上的货，庄园主们则准备向西远行，巡查自家的农场和访查租户。

他念了念这个国家的名字，然后又念一遍。

船靠了岸，他帮着人们卸下货物。空气中有股机油烟味和鱼味。雨一直没有停，一名水手——年纪最老的那个——给了他一把伞，是木柄的蓝伞。

水手耸耸肩，咧嘴笑着开口："是那孩子给的。"边说边抬手向船上指去。亚汉觉得自己望见了一抹身影：先是一丛发丝，随后一条浅色围巾在空中飘过。她的身后跟着个小男孩，边跑边招手，亚汉遥遥听见女孩的声音，那般娇柔婉转、气定神闲，仿佛风筝飘向云端，是另一种语言陌生的节奏。

他停下脚步，仿佛期待着什么。但两个孩子一晃不见了踪影，他说不清自己是否见过那两个人，是否听到过他们的声音，也说不清自己是否弄懂了水手的话。除他以外，船上没有其他乘客——别人是这么告诉他的。

"祝你过上好日子。"水手说道。亚汉跟全体船员握手道别，闻见他们身上大海和煤油的气味。这些人曾与他共度一个多月，在船上想着法儿地与他做伴，教他打牌，把香烟分给他抽。对于这个刚刚抵达的国家，水手们知道得不多，但也一股脑告诉了他。

水手都是南朝鲜人，战时曾在海军服役。有几个傍晚，趁着天气越来越暖，他们聚在甲板上共饮一瓶酒，跟他讲起了海战。但过了一会儿，他们一个个互相对望，又望望亚汉，纷纷陷入了沉默。水手们转头谈起自己的生活、成家立业，谈起他们已经在运货这一行干了一年了，还谈起他们如何移居到日本——那儿能找到更多的活儿干。

“那儿能娶的女人也更多。”一个水手边说边走到甲板边上。他手握着众人刚刚共饮的酒瓶，先塞进去一根长引线，又用火柴点燃，将酒瓶扔进夜色。光亮映照着他的手，那天空中瞬间耀目的光华，那一眨眼间的爆炸，亚汉并未让众人发现他的身体对喧闹有所反应：水手们正冲着众人穿越的茫茫黑暗放声大喊呢。

眼下到了码头，才过了一个月，亚汉已经舍不得与他们分开。他在水手身边徘徊，看他们把货卸完。但已经再没有什么话可说，于是他最后一次望望他们，挥手道别。

他离开港口向陆上走去，躲在一把新伞下，沿一条窄路迈进一个遍布公寓和商店的街区。现在只剩他孤身一人，他的目光掠过陌生的符号和文字，小镇的种种动静和陌生的语言突然袭来，将他整个淹没。水手们曾不遗余力地教过他葡萄牙语，把他们自己肚子里那点货色一股脑教给了他，但他现在记不起任何一个词、一个短语，虽然绞尽脑汁搜罗零星的词句，却一无所获。他沿着那条路往前走，没有办法集中心思，也没有办法定下神来。

镇子挺大，几乎算得上一个城，沿攀升的山坡舒展开。建筑呈贝壳色，四处黑漆漆的窗仿佛万千门户。

一个女孩骑着脚踏车渐渐靠近。他迈步走上人行道，女孩从旁边飞驰而过，对着紧闭的门户扔了几份报纸，脚踏车轮溅起一圈雨点，随后便沿着湿漉漉的人行道消失了踪影。一家面包店里亮起了灯，屋顶上细细的烟囱冒出烟来。

他拦住一个渔夫，给人家看了张名片。渔夫指指斜坡，又伸出胳膊向右示意。亚汉沿一条鹅卵石路向前走，在一家理发店附近拐个弯，又沿着另一条路爬上山坡，经过一些排屋——排屋镶着狭窄却鲜艳的百叶窗，他开始注意到窗上的纸质招牌，上面写的是日语。

裁缝铺夹在公寓和一家药店之间，那楼刷得雪白，有两层高，没有挂招牌，倒有两扇大窗。透过窗户，亚汉可以瞧见几张桌、一卷卷布料，还有个裁缝用的假人，没有头，肩膀上搭着一条量尺。

时值清晨。从街对面，他抬头张望着二楼的窗户。

就在那时，站在裁缝店前，在纷扬的雨丝中，他第一次觉得这段旅程是多么累人：双腿顿时没了力气，又闻见了大海的气息，一时间头晕目眩。他一把攥住雨伞，记起了已逝的岁月，此时此刻，那些岁月与他隔着一片汪洋。他想起了南朝鲜，想起那里的战争，想起南部边境附近的那个战俘营，它临近一个空军基地，他曾在那里做了两年囚犯。他想起自己那天睁眼醒来，一眼看见森森的树丛，接着就看见戴着头盔、端着武器的人一窝蜂拥在他身旁。

美国人把他们叫作“北佬”。刚开始几周，他们还绑着他的手腕。但后来医生缺人手，于是亚汉和其他人被松了绑，他也从此挖起了墓穴，在桶里洗衣服，为护士们端托盘，跟鹏或来访的传教士一起在院里散步，沿着一堵堵围墙走来走去，塔楼里的守卫则低头盯着他们。

他与其他囚犯同睡一间小屋，每到冬天，他们靠彼此的身体互相取暖。月色与他们做伴——它透过木头墙壁漏进来，随时光流逝在犯人们身上变幻游移。无眠之夜，他便想起父亲，想起自己出生的山城在冬日是如何白雪皑皑，想起昔日的故乡，想起那一切此刻显得多么遥远，仿佛天地浩浩荡荡地延展开，他的回忆也随之延展，而他再也无从把握。只有这些念头开始平息，卷成一波细浪渐渐退去时，他才能沉入梦乡。

他不清楚战争是何时结束的，直到几天后，他才听到消息。

某日有人告诉他，他将被送回家，回自己的国家，人们说，回朝鲜。

“遣返”——他们将之称为。

他拒绝了那项提议。在战俘营里，他是唯一拒绝的一个。

于是，他在战俘营又多待了一段时间，帮医生照顾那些病得太重、无法远行，也活不了多久的人。如果那些小伙子乐意的话，他会握住他们的手，要不然就坐在他们身边，讲起田野、树木和云朵。小伙子们露出微笑，想起自己的母亲，却无法睁开眼睛，无法摆头。有几个小伙抽抽搭搭哭了起来，说他们很抱歉，非常抱歉；亚汉不知道他们为何抱歉，不过这也并不要紧，因为从他们眼中可以看出，小伙们眼里望见的并不是他，而是他们在梦境最深处见到的其他人。

过了一阵子，有个男人来访。

“我来自联合国。”他说——他们在一顶帐篷里，与护士和教士围坐成一桌。

“与巴西达成了一项协议。”那人说，亚汉没有吭声。在此之前，他还从未听过巴西这个词呢。如果他愿意去的话，那人说，因为战俘营很快就要被撤销。

“阳光。”他身旁的护士一边说，一边从已开始消融的积雪上挪开眼神——那雪是从树上落下来的。“我敢打赌，那里阳光灿烂。”

于是他想象有个地方，那里再没有黑夜。

“巴西。”亚汉说。联合国来使点点头，护士露出微笑，亚汉也就乖乖照办了。

巴西有个裁缝，一个日本男人，名字叫清。亚汉将跟着裁缝当学徒，因为他在战俘营里补过衣服。他有双补衣服的巧手，护士说。亚汉低头望着自己的双手，一时间竟浑然忘记：联合国人员抵达的时候，他正待在帐篷里，弯腰伏在桌上，修补战争期间搜罗来的衣服——从死人身上搜罗来的衣服。

现在是1954年。他站在人行道上，手握一把蓝色雨伞。

雨丝仍飘飘洒洒，落到屋顶上——房屋坐落在起伏的山峦；落在狭窄的街巷，落在裁缝铺的窗户上——亚汉在窗上的倒影变得模糊不清。这是个灰蒙蒙的早晨，呈铁锈色。楼层之上，天空凝重，城市正在醒来，所有的声响似乎都在向着天空飘去，又随着落下的雨丝烟消云散。

他所站的人行道积起了一汪水洼，他的鞋尖已经变黑、变湿。

他又重新打起精神，理理帽子，整整背包。从夹克口袋里，他取出那封信，穿过街道，在玻璃门上敲了一下。等人应门的时候，紧挨着自己的镜中倒影，他的双手有点抖，而他竭力稳住了手。

从所站的地方，他能一眼望见整个店：一间狭长的屋子，配有深色木地板，被脚印和桌椅腿磨得泛白；布料堆在架上或斜倚着墙，屋内四壁染着香烟雾；工作台上乱摆着几台缝纫机；木匣装满剪刀、缝针和线轴。还有一台便携式收音机、一架旧电扇，一个孤零零的灯泡从低矮的天花板上垂下。

屋子深处是一道厚重的红帘，遮住了门口，四周隐约透出昏暗的灯光。正是从这道门口，一个男人现出身影，将帘子掀到一旁。

他身材矮小，走路驼背，身穿汗衫和背心，两条瘦骨伶仃的手臂摆来摆去。

亚汉可以听见男人的拖鞋一声声叩在地板上，节奏缓慢，恰似雨点温柔地叩击着他所持的蓝雨伞。透过玻璃，他可以看见男人有一头灰色长发，用一根绳系在脑后。

男人抬起手。

“门开着。”他大声道，说的是日语，边说边继续往前走——还是自己劳神费力地开了门。

亚汉有好一阵没听人讲日语了。他支起耳朵，竭力捕捉那在遥远记忆中飘摇的语言。

“进来吧，进来。”那人说。

亚汉抬脚进门，将雨伞留在裁缝铺外的一扇橱窗下。

再也没了雨声；或者换句话说，耳边的雨声已然远去，转而传来电台与吊扇低沉的嗡嗡声。屋子闻起来有某种汤味，还有茶味，亚汉猛然记起自己已经一整天没填过肚子了。昨天那顿还是跟船员们一起稍稍吃了几口，不好意思从船员的存粮里吃太多呢。突然间，他饿得厉害。

但他并没有动弹。在裁缝铺堂前，他们一声不吭面对面站着，直到那人的眼神落在亚汉的西装上。男人向亚汉伸出手，捏了捏双肩的布料。

“我知道哪里不对劲了。”裁缝说。

亚汉取出信，鞠个躬递给那人，男子掏出背心口袋里的一副老花镜戴上。

那人读信时，亚汉仔仔细细端详他的脸：他那耐心而平静的眼睛、厚嘴唇、苍老发黑的皮肤——想必在日光下晒过好些年。裁缝的表情波澜不惊，这一点亚汉日后会渐渐熟识，他会熟识这个叫清的人。

裁缝叠好信，连同老花镜一起塞进马甲口袋。他点燃一支烟，握住亚汉的手，清的手指温暖而粗糙。

“欢迎。”他说着伸手去取背包，原本想要拿起来，却又改了主意，拍拍亚汉的肩膀，示意他跟上。香烟雾尾随在清身后，慢慢在灯泡周围聚成一圈。

他们向屋子深处走去。穿过门帘，前方是一间厨房，汤和茶的香味变得愈加浓烈。厨房后面还有间小屋，尽管他没法一眼看见全貌：门虚掩着，一张小床露出一角，让他想起战俘营里的野战医院。床头柜、一排书脊、拖鞋、一只烟灰缸，地板上遍洒着灰色的晨光。

但他们并没有去那间屋，反而转身上了一截窄窄的楼梯，每踩一步，楼梯便“吱嘎”一声。他们走得慢，裁缝领头在前面走，一路攀着扶手。墙壁光秃秃的，映着昏暗的灯光。

战俘营里不供电，虽然军事基地里是有电的。傍晚天色渐暗，屋子的轮廓没入夜色时，围栏上便会浮现一道灯光，一个个的呈正方形，每晚在空中闪耀。垂死的囚徒躺在帐篷的床上，直愣愣地遥望远方灯火，仿佛在等待着什么凭空出现，医生则提着灯笼巡回看诊。亚汉待在小屋里，想着曾经在家乡小镇度过的那些夜晚，那时他身着父亲的大衣，双手拢在袖中，衣服的下摆走一路拖一路。

二楼有两间房，由一条短走廊相连。其中一间用作仓库，而裁缝将亚汉带到另一间屋，在门口停下了脚步。

屋子很小，位于裁缝铺的正上方。天花板是斜的，因此其中一堵墙比另一堵高些，另有一扇孤零零的窗户，可以通过它俯视街道。远远的角落里，一张床垫铺在地上，倒不像裁缝铺里那张一样又破又旧。靠近门口处，挨着稍高的那堵墙，有一个梳妆台、一个五斗橱、一张小书桌、一把椅，还有个光秃秃的灯泡从天花板上垂下来。再没有别的家具了。

清离开了房间。亚汉听着老头一步步下楼，便走过屋子，将背包放在床垫旁，打开窗户。

在这儿，他可以望见家家户户屋顶上粘着的碎玻璃，那些屋脊随着小镇的轮廓起伏，偶尔夹杂几根电视天线；晾衣绳上歇着鸟儿，衣服却被雨水淋个湿透，颜色不再分明。他可以望见来时走过的那条路，湿漉漉的鹅卵石街，远处的港口有些船只。

骑脚踏车的女孩又回来了，冲着裁缝铺扔了份报纸。过了片刻，清走到屋外取来报纸，也取了蓝伞。一群男孩跑过，在雨中踢着一个皮球，而一个老妇人头上裹着鲜艳的披巾，正在药店的雨棚下等待。

亚汉脱下西装外套，从窗边坐到床垫上。硬邦邦的床垫有股纸墨味道。墙壁光秃秃的，他的衬衣闻上去则有股咸味、鱼腥味，不然的话，那也许是他的皮肤或胡须散发出的味道。

倦意再次袭来，他窝到床上，闭上双眼。透过敞开的窗户，他能听见雨水滴滴答答，人声沸沸扬扬，还有一辆汽车的动静，轮船汽笛声，教堂的钟“当当”敲了两下。有扇门吱呀打开，电台播起了一支歌，缝纫机传来一成不变的敲击声。他听见飞机飞过，听见卡车溅起尘灰，听见风过帐篷，但那声响微弱而平静，他并未放在心上。有个熟悉的人在跟他说话，亚汉道：“我可以再坚持一会儿。”于是举起铲子，插进土里。接着他到了另一间屋，他的手抚过某人的发丝，她拉起他的手腕，他们走过一条走廊，一排排翩翩盛装从天花板垂下，继而变作一片海。

他醒来时，天色已黑。小城的灯火透进屋子，家具纷纷投下阴影。远远的角落里，在门旁边，一个男人坐在书桌旁的椅上，面对着他。

亚汉呆住了，活生生吓了一跳。定睛一看，才发现那是自己的西装外套。他不记得把外套搁在那里了呀。他站起身，闻见汤的味道——书桌上的一碗汤尚有暖意，旁边摆着一个烟灰缸和一包烟。

某家商店的荧光灯开始闪烁，屋里时明时暗。他望着自己的影子在身后的墙上出现、消失。屋里满是浓浓暖意。微风吹来，他擦擦额头，脱下上衣。

他还不习惯这个炎热的国度。此地正值夏季，他不知道这地方哪儿有阴凉的角落，除了夏天是否还有别的季节；他也不知道，如果行程够快够远，是否便可一路经过春秋冬夏。

街对面有个女人，站在二楼阳台，正低头俯视，身穿一件淡色长裙，露出纤细的手臂，乌发垂肩。街上有辆摩托车停在她楼下，发动机并未熄火，骑车的男子则抬头张望。亚汉还不懂他们所讲的那种语言，不过他迟早会学会，而此刻他一心留意着那温柔的韵律，又一次搜肠刮肚地想要记起水手们教过的单词和短语。

他的目光掠过眼前风景，一时沉醉其中。

他将熟知这些街巷和楼群，熟知起伏的山峦——它们恰似某种生物的旧壳；他还将熟知行走其间的人们。

亚汉捧起西装外套，仔细查看肩部和衣袖，随后穿上。外套已经一点也不大，肩部被改了改，衣袖也一样。

一束来自灯塔的光穿过海港，遥遥照来。海上有万千繁星，映照在水面。雨已经停了。

The second chapter

又一年安好

他醒来发现门上挂着一只服装袋。打开袋子，里面是一套新衣服，由沙色棉布制成，卡片上写着日语：“又一年安好。”

从那天起，他一早便会醒来。清一边在厨房等他，一边烧水泡茶。两人端起自己的茶杯与茶壶，穿过门帘踏进裁缝铺。

裁缝把缝纫桌分别挪到了两堵墙边，两人干活时便背对着背。亚汉曾在战俘营用过一台带手摇柄的缝纫机，店里的机器用的却是脚踏板，刚开始他还挺不习惯。

清给了他一些布料练手。起初几天，他一直在调整身体适应陌生的节奏：一边不停动脚，一边用双手摆弄布料。有时清会站到他身后，看着他，尽管亚汉并未抬头。

紧挨着亚汉面前的墙壁，一个架子上搁着许多牛皮纸和麻绳扎成的包裹。裁缝伸手取下一个包裹，摆到自己的裁缝桌上，直到店门上方的风铃叮当作响，一个客人抬脚进门，他们聊上片刻——客套寒暄，清再将包裹递给来人。

后来亚汉才知道，客人的包裹上压根没有标签，可老裁缝将哪个客人穿什么记得清清楚楚，让亚汉赞叹不已。

在这个小城，他们住在某日裔聚居区的边上，大部分客人是左邻右舍，以及来自东京的外交人员，他们要么定制西装，要么每过一阵就把旧西装拿来补补改改。

有时候，老裁缝开出的好价钱会突然引来城里的某人，律师也好，土地业主也好，在政府机关就职的公务人员也好。这时亚汉便会手拿量尺站在一旁，衬衣口袋里还装着备用铅笔和记事簿。

人们不太习惯一动不动地站着，因此常开口说话；亚汉却仍旧一声不吭（他听不懂大家在说什么嘛），只能从他们跟裁缝的闲聊中捕捉到只言片语。有时候，一些小孩会眼巴巴地贴在窗户上张望，又是做鬼脸，又是招手，于是亚汉也冲他们挥挥手。

其余日子里会有些农户光顾，拜托清为他们改件衬衫或裤子，拿谷物和蔬菜抵账。也有些太太来做裙子，第一次与亚汉见面，她们便说——“我的天，你在哪里找到如此人物？”她们跟他打情骂俏，问他能不能为她们量身，边说边抬起玉臂，扭着腰肢。

他的脸涨得通红，清却放声大笑，为太太们点燃香烟。太太们问起亚汉的歪鼻子和鼻梁上那道细细的疤痕，他没有回答，她们对他便更加倾心。

两人也不总是待在店里。裁缝带他去港口，那里会有一艘船从日本运来面料与丝绸，每季两次。有时会遇见带亚汉来巴西的船员，让他十分开心。其中一个老水手问起那把伞，然后咧嘴笑开了。亚汉还留着那把伞，也还在用，水手听完便哈哈大笑，“那可是一把女人用的伞呢。”他说。

水手们将布料放到一辆小车上，随后纷纷道别。亚汉推着小车经过鹅卵石道，攀上山坡，老裁缝走在他身后，不时歇一歇，瞧瞧某家店铺橱窗里的陈列。

裁缝也将衣服送到小城的各个角落。但随着时间一天天过去，他越来越懒得奔波。亚汉替他跑起了腿，带着改好的衬衣、新做的裙子和西装，甚至是被补上一补的手套或帽子，一件件都用牛皮纸和细绳包裹起来。

刚开始，他乖乖待在日裔聚居区里，渐渐习惯了周边街巷和附近居民。几个月过去了，他开始大着胆子在城里走得更远。他从一个街区来到另一个街区，一步接一步，将衣服送给一些老客人——他们在清刚到巴西时就认识他了。

有时他也会骑上老裁缝的脚踏车，尽管他更爱步行穿过窄窄的街道和小巷。他常常停下车，避开路人的眼神，又是找门牌号码又是查路标，一心想要跟手上拿的字条对上号。

他攀上一栋栋公寓楼蜿蜒的楼梯，每个楼梯平台上都有扇小窗。他紧张地站在门厅，等待那位退休葡萄牙大使馆专员付账，不知道该把一双手放在哪儿。

他每月与一位寡妇喝一次茶，坐在她家客厅价格不菲的家具上，她对他倾谈半个小时，而他频频点头，假装听得懂她的话。

在客人家里，他小心翼翼地打量着各个房间，闻一闻清新的空气，目光落在画作或宠物上：书架上的一只猫咪、笼中几只鸟儿、趴在桌下的两条狗——它们不时竖起耳朵倾听厨房里女佣的动静。如果架子或橱柜上摆有陶器，比如花瓶或碗，他就恋恋不舍，细细审视后才会离开。

他也将衣服送给教会。那是山城里最高的一幢建筑，离山脊最近，位于大道之末，旷野之始。羞怯的亚汉在门口等待，直到守园人从屋里现身——守园人住在一间小屋里，离墓地不远。

本地人把守园人叫作“佩谢”[①]，因为他家世代捕鱼，尽管他的家人已纷纷辞世。那一家子中，只有守园人一人从未当过渔民。他年幼时就得了小儿麻痹症，因此走路靠手杖，动作有种慢悠悠的优雅。他动不动就开怀大笑，时年三十二岁，一头黑发；跟裁缝一样，他也在衬衫口袋里揣了一副老花镜。

他们握握手。跟往常一样，佩谢又邀亚汉进门，亚汉笑笑，鞠个躬沿原路下了山。

小城居民不再盼着老裁缝，倒是热情又好奇地盼起了他的小学徒——他们就这么称呼亚汉。有时人们会给他些小费，他把钱交给清，老裁缝却摇摇头，推开亚汉的手。

---

① 该词在葡语中有“鱼”之意。

他把钱收进一个锡盒，那是某天下午在一条小巷里找到的。锡盒盖上有幅女像，画中人身穿围裙，端着烤盘，面带微笑，“是位母亲。”他觉得。她的秀发用一根蓝丝带绾起来，图像上方写了些英文字。盒子还隐隐有股饼干味，在自己卧室的时候，他会不时俯身越过书桌，揭起锡盒盖，闻一闻糖和油的香味。

他在小巷里找到了许多玩意儿：一个杯子、一把小折刀、一把修面刷、一张装在盒子里的新手绢。他常常在这些窄巷里停下脚步，那是小时候留下的毛病，当时亚汉翻遍了家乡小镇，到处找东西跟过路的小贩换货，他把手伸进小贩的货车，去拿一副新鞋带、一个球、一把刀。

在这些小巷中，有时他会发现自己倚在墙上，压根不知身处何方。他的手晃来晃去，仿佛在撕扯什么，眼前一片茫然。

这种情形持续不了多久，但那时眼前的世界仿佛轰然崩塌，露出他已然遗忘的记忆：那些星星点点。他们经过一个被夷为平地的城镇时，一个女孩坐在一堵高高的破窗沿里，正在擦梨形楔上的灰，露出黑洞洞、掉了牙的嘴。她身下的街上躺放着一顶男帽和一根手杖，鹏伸手捡起来，戴上帽子，转动手杖，又把他自己的来复枪递给亚汉。紧接着，他用泥在唇上涂了一抹小胡子，皱起眉毛，对她挥挥手，直着两条腿摇摇摆摆地穿过街道——恰似那个十分逗趣的人物，他听说此人叫查理·卓别林。

他想起与鹏一起度过的日子。两人身穿历经风吹雨淋的军装和头盔，军靴里塞满了报纸和稻草。老伙计鹏的年纪比亚汉大三岁，个子比他高，头发一丝丝泛白——那是年少时便有的“少年白”，活像某种动物的斑纹。即使在战时，鹏穿山越岭的姿态仍仿若舞者，压根没把枪林弹雨放在心上，一派敏捷与平静。亚汉总是紧紧跟在他身后，从未让鹏的双肩脱离自己的视线。

他想起两人一起在全国各地晃悠时见到的男男女女；有时两人也会与飞禽走兽做伴，比如一只慢腾腾的狗、一头骡子，有一次甚至是个老头用手帕兜着的一只灰鸟。“它在轰炸中受伤啦。”老头说。亚汉想起刚才他们在路边歇息，老头坐在他们身边，小心翼翼地解开手帕，嘴里嚼着别人丢在大街上的一颗坚果。他用手指托着嚼细的坚果喂给鸟吃，鸟儿扑闪着翅膀，却飞不起来。老头还让亚汉将手搁在鸟儿的胸膛上，那一下下温柔的心跳瞬间震撼了他。

他想知道那里的战争是否真的已经结束。他还不清楚，没有一个人确切地告诉过他。收音机倒是播报过新闻，但清从来不听，师父更爱听音乐台，听乐团演奏。亚汉想知道曾发生在这里的战争，而且越来越觉得尴尬——谁让他对此一无所知呢。师徒二人不谈这场战争，也不谈在此之前的一场战争，亚汉不知老裁缝是否曾经参战——看上去，清和裁缝店似乎老早前就已在此扎根。

尽管师徒二人经常共处，老裁缝却很少跟亚汉聊天，小徒弟本人也并未将自己的经历跟裁缝讲。不过，闭口不聊倒挺让亚汉安心，他渐渐了解老裁缝——了解老头伸出手指的是什么，目光落在哪里，吃了什么，怎么个吃法，他对布料知道多少，他在路上会躲开哪些人，却对哪些人咧嘴而笑。

在默默无言中，师徒二人却日渐亲近。从早到晚，人们可以透过橱窗望见老裁缝的身影，弓着背给长裤卷边，要不然就换衬衫纽扣，而亚汉在他对面，同样也在干活。

一次，清头也不回地开口，问徒弟当天掘到了什么宝，亚汉吃了一惊，竟然说不出话来。他从上衣口袋拿出别人扔在小巷中的一只杯子，老裁缝站起身在灯光下细细验看。

“啊，”他说，“挺好。”然后将杯子还给他。

他再也没说别的话，两人继续缝缝补补。

随后他们一起关上店门，盘查一天的进账，又互相提醒对方：次日早上有批从海外发来的货要到哟。师徒二人在缝纫机旁进餐，喝茶，听着电台播放的管弦乐，裁缝不一会儿就躺在椅子上睡着了。

听着老头的呼吸，亚汉继续整理货架上的布料，把线卷成轴，将剪刀和缝针放回盒子，又调低收音机的音量。他走近裁缝的假人，弯腰向前，细细打量胸部线条、断臂断头光溜溜的平面，满心好奇：它是照着某人的模样做的吗？与此同时，街灯与店铺招牌的光照亮了关好的百叶窗。

他的日子一天天过去。他摸透了小城的各条街巷，开始学习语言，竖起耳朵倾听，不管路人也好，店里的来客也好，电台的广告也好。

有几次在干活，清突然大声说个葡萄牙词，害得徒弟大吃一惊。亚汉重复着他的话：Alteração（改）、Medir

（量）、Roupa（衣服）。

深夜时分，孤零零一人在楼上房间时，亚汉躺在床垫上讲话，嘴里滚动着单词和短语，活像滚动硬邦邦的石块。Dois（二）、Sopa（汤）、Noite（夜）、A loja está fechada（商店已关门）、A loja está fechada（商店已关门）、Noite（夜）、Dois（二）、Janela（窗）。他把双手枕在头下，仰望染上水渍的天花板，听着自己的声音——听上去十分陌生——他探寻着新语言的抑扬顿挫。他沉沉入睡，舌尖却还抵着门牙。

其他一些晚上，他和清在关店后爬到楼顶，带上几把椅子，共饮一瓶酒。他们眺望山城，眺望街上人来人往，透过公寓楼的窗户打量：一个躺在摇椅上的男人，一个直愣愣回瞪着他们的孩子，一对夫妻借着吊扇的习习凉风在卧室翩翩起舞。

镇上经常停电，那些夜晚他们就待在黑漆漆的屋顶，应和着遥远的小号声、吉他声，要不然便是纸牌在脚踏车车轮上刮出的“嗒嗒”声。

两人等着自己的眼睛适应黑暗，等着一扇扇窗口亮起烛光，然后将当天最后一小时用来玩一场游戏：老裁缝要么用手拢着耳朵倾听，要么伸手指着某处，小裁缝努力地试图弄明白两人听见看见的一幕幕葡萄牙语场景，老裁缝则加以指正。

一次，他们听见有人在街上唱歌，是首生日歌。等到那人把歌唱完，清一边抿上一口酒，一边问起亚汉的生日。小徒弟老老实实地说，他不记得了。

一周后的一天，他醒来发现门上挂着一只服装袋。打开袋子，里面是一套新衣服，由沙色棉布制成，卡片上写着日语："又一年安好。"再没说别的，西服也合身得很。当天下午晚些时候，他才猛然回过神来：这正是他第一次来到裁缝铺的日子。

于是，他便将那天当作新旧之交，辞旧迎新之日，清似乎也是如此。每年，他给徒弟做一身衣裳放到他的房间，要么是新裤子，要么是新衬衫，有时候还是一整套。多年以后，师父离世已久，亚汉却还穿着那些衣裳。夜晚降临，他坐在自己的缝纫桌边，补补衬衫袖口和衣领上的破洞。他一直不知道，当初老头是在什么时候做出的这些衣裳。

The third chapter

沉痛的回忆

三

他不再记得那一张张脸，只记得零星碎片。他们究竟去过哪里，究竟如何受伤，他自己究竟让谁入了土，谁又活了下来——岁月无法挽住这一切记忆，只留下了残迹。

他们有数百人。

每到夏季穿旧军装，每到冬季，则可以领到灰毛衣和大衣。

他们要干杂活，被派到野外的帐篷去背尸体——那是被俘后没有扛过来的士兵。那段时间充斥着剪刀声、液体在杯碗碟罐里的“叮咚”声，加上忙个不停的苍蝇。有些战俘排成队等待，身上带着未经治疗的枪伤，努力想要站稳；有些躺在卡车后厢，嘴里灌满午后的雨水。

他们被派到战俘营周边的一家老纺织厂，那里建好了另一个病区。他们接到通知，要尽快把死者搬走；如果死人身上的衣服还像个样子，那就剥下衣服，连带收走毯子。他们将剥下的衣物毯子放进病房外的一口大锅，锅中煮着沸水，用一把烂扫帚的手柄搅拌。他们擦洗掉床垫上的斑斑血迹，将衣物挂在早已系在树间的绳索上。

他们从花园里挑选根茎蔬菜——美国人想在那花园里种菜，将土豆、胡萝卜和萝卜送给厨师。

他们从早到晚一声不吭地工作，这期间只歇息几次。众人一直干到深夜，亚汉可以遥遥望见两个人影被灯光投在帘子上，跟林间树木一般巍峨，一个人弯腰对床上的病号做着什么，而床上的人弓起背，抖了抖，再也不动了。

头一个星期，他每天都吐。

在空地上，他每日遥望鹏举高双手，双眼蒙着绷带，一步步摸索着战俘营的地形，身边还有个卫兵看押。

这个年轻男子曾在童年时与他邂逅，又在战争岁月与他重逢。

当时是寒冬的深夜，在一节驶向南方的火车车厢里，鹏的脸跟其他人的脸孔一样，风霜重重而无从辨认，他的双眼也跟其他人的眼睛一样。他们两人的肩膀撞到彼此，鹏取下头盔，月光照亮了黑发上泛白的条纹。

当时亚汉差点伸手去碰，仿佛它是火苗发出的一抹暖意。一刹那，他陷入回忆，想起曾经乘坐大篷车在家乡小镇出现的那个男孩，在集市广场上表演魔术，上了年纪的老人家把手搁在男孩的头上，讨个吉利。

童年时代，他们两人只搭过几次话，随后便把对方抛到了脑后，直到重逢的那一刻。然而在那个夜晚，那列火车上，他们紧紧地拥抱对方，压根不愿放手，大笑声惊醒了其他人，他们差点弄丢了步枪，还将腿伸出车厢，在夜气中晃悠。

那是片刻的相知相通：共同的美妙回忆重返心间，回忆起曾经属于他们的某处，和一段曾经的日子。

一年后的今日，鹏那泛白的头发不见了，他们剃成了光头；小镇与它的集市广场比当初重逢时隔得更远。用绷带裹住眼睛的鹏每天拉着亚汉的手臂，在他身边干活，问他某栋楼到另一栋楼有多远，坟包到花园又有多远——鹏越来越习惯这种全新的黑暗。

日复一日，总是相同。他们眼见越来越多战俘抵营：

伤员们、塔楼上换岗的卫兵、一对又一对抬着担架进门的人们——他们越过田野，双腿被汹涌的绿波淹没，伤员在他们的背上浮沉。偶尔会“轰隆隆”来辆直升机，掀起片片尘灰，所有人便停下手中的活计，抬头仰望着那玩意儿徐徐升空。

他们排队领餐，一份份餐食装在锡盒里，亚汉用手抓着吃，尝到自己皮肤上的咸味和灰土。

有好几次他也喂鹏吃，当那家伙精疲力竭，没办法从囚室走出来的时候。瞎眼的鹏有点晕头转向，弄不明白自己在哪儿：有时在半梦半醒中，鹏会问起他的家人，或者问起亚汉曾住过的那个农场，要不然就问是否该上场表演了。

他看着鹏的嘴唇在动，感觉一天的倦意涌上肩头，涌到脚下。营房里燃起了一丛火，有几个晚上，当暮色渐渐笼罩群山时，他还听见了歌声。

他们挨着对方入眠。每隔一小时，他被鹏伸手抓挠眼上绷带的声音吵醒，于是轻轻握住他的手腕，直到他住手。有几个晚上，囚室里的战俘也被鹏的动静吵醒，他听他们谈起自己的家、种种美食，听见他们的肚子发出饥肠辘辘的“咕咕”声。要不然，有人说起梦话，说些听不懂的词，发出一串摸不着头脑的声音，让人云里雾里。

他听着其他人的哭声，他明白那人正捂着嘴，于是他什么也没做。他靠墙躺着，脚蹭到别人的头。他抬头瞪着天花板上的洞——冬季那里会掉下雪团，有一次落在某人的肚皮上，堆起一个孩儿拳头大小的雪丘。

他想知道人们如何选择：选择记住些什么，又选择遗忘些什么。

有些时候，看上去他们能活着熬过去，一个也不漏。

但也有些时候，时间偷偷溜走，亚汉压根说不清过去了多少天：嘴木了，再也尝不出滋味；身子在寒风中抖个不停，紧裹着一条毯子，鹏伸手抱着他。他细听卫兵的脚步声，凝望他们被投到囚室里的身影——影子在地上和墙上徘徊，仿佛慢腾腾的旋转木马，永不止步。他用额头贴着墙，拼命想要看见一角绿、一圈围栏；他多么渴望听上一支歌，深深呼吸一口。他一把攥住鹏，摸索着他残留的发根，活像在搜寻什么。他大声叫喊，惊醒了所有人，直到喊得哑了嗓子。他就地狂奔起来，将腿抬得老高，要不然就转圈圈，直到头晕眼花，指尖涌满一股莫名疯狂的力量。鹏伸手摸索着黑暗，千方百计想让他安静，直到卫兵们把他带到囚室外揍了一顿。他躺在空地上站不起身，周边的电灯照亮了他。亚汉睁开眼：在那一瞬间，面对着两支对准他的枪口，眼前始料不及的漫天星空让他满心欢喜。

寒冬季节，伤员会被送到纺织厂，破窗户被人用木材和毯子钉上。纺织厂工作区里原本有些缝纫桌和织布机，早已闲置多时；壁橱里还找出了一些便携式缝纫机。

病床已一眼望不到边，鸟儿在高高的椽子上筑巢。一杯药从一个伤员传到另一个伤员手中，最后递给遥远角落里的一个男孩。他一动不动地躺着，扭头凝望半空中缓缓起伏的手臂之波。在阳光下，靠着那面结了霜花的窗玻璃，不眠不休的手画出一墙看不透的图案。

战俘们站成一排，等待医生检查身体，检查牙齿和眼睛。一整天他们都在铲雪，鹏伤口附近的皮肤已开始感染，亚汉眼睁睁看着医生给鹏服下一颗药，解开了绷带。

医生擦洗鹏的脸时，一只鸟飞落下来。它从一张张病床上飞过，到处搜罗零落的头发，他听见有人哈哈大笑，又看见鹏歪歪头，打起了精神。鸟儿翩翩盘旋，鹏则一动不动，直到鸟儿从他身边飞过，在他耳边惊起突如其来的风声。

那年冬季，鹏开始越来越打不起精神。动作变得犹疑，摸不清东南西北，也弄不清哪座楼在哪儿。很多时候，他要过上片刻才会回应。

以往他会跟亚汉谈起曾去过的所有地方、参加的所有演出，好让他俩将寒冷和饥饿抛在脑后，可时至今日，他们忆起童年的时刻已渐行渐远。

亚汉想遵照医生的嘱咐清理鹏的伤口，用湿毛巾擦擦他的脸，鹏却挥动手臂将他赶开。

有一次，亚汉转身发现鹏不见了，后来却看见他蹲在小屋后。鹏已解开了绷带，两条腿抖个不停，手指挖进了眼眶，一条细细的血丝沿着他的下颌流下来。

“痒。”他说——他呼出的气息在空中清晰可见，亚汉向他伸出手，等待他的身体平静下来。

某日晚上，他们醒来发现：有人将他们的肩膀死死地摁到了地板上。囚犯们团团围了上来。亚汉身上压着三个人，眼睁睁看着一双手按住鹏的额头，而他拼命挣扎。他们扯掉了鹏的绷带，仔仔细细地查看他那已不中用的眼睛。他们将脸凑近鹏的脸——能凑多近凑多近，又在他的面前摆手。鹏弄不明白局势，他的头猛地抽动着，两片嘴唇满载着惧意。

囚犯们剥掉鹏的衣服，又找出了他一直藏着的一些食物。他们夺走了一切。

是有人打了个赌，要瞧瞧鹏是不是真瞎了。

次日上午，鹏除了外套什么也没有穿，直到一名看守给他找来一套备用衣裳（看守看乐子的劲头终于过了）。备用靴子找不到，人们给鹏一些绷带把脚缠上，剩下的他用来裹了眼睛。

当天下午，穿过一片田野时，鹏停下脚步，向纺织厂遥遥望去。

他说：“我等着有人死，就能拿到死人的靴子。”

说完他扔下一直扛着的那桶水，用手紧捂住脸，双肩不停颤抖。水在野地里泼溅开，结上了冰。有那么一会儿，亚汉低着头，压根无法动弹，被他们两人突然出现的倒影吓得魂飞魄散。

有位医生曾在一张纸上写下亚汉的名字给他，写的是英文，用的是铅笔。不过亚汉猜，医生并不知道那拼写对不对。他将字条塞进衬衫口袋，趁着夜色降临时打开，瞪着用另一种语言写就的自己的名字——这还是破天荒第一遭呢。他会记住那些字母，默不作声地说出其中每一个，捋直自己的舌头，嘴巴扭成连他也陌生的形状。

日后亚汉便会这样拼写他的名字：他会借来医生为他诌出来的那些字母，归为己用。

他不再记得那一张张脸，只记得零星碎片。他们究竟去过哪里，究竟如何受伤，他自己究竟让谁入了土，谁又活了下来——岁月无法挽住这一切记忆，只留下了残迹：他记得曾见过一个家伙将盛水的长柄勺伸到朋友干裂的唇边；一个家伙寒冬季节光着身子，待在角落里，趁着用过的洗衣水还有些许暖意，给自己洗了个澡；有两个家伙曾想逃跑，第二天被绑着手腕捉回来，他们中有一个伸手摸到看守的来复枪，把它放进了嘴里……

死者的眼神是何等清澈。

在战俘营的最后一年，那时鹏早已远逝，亚汉被带到一张缝纫桌前，那里有一篮子衣物和一台缝纫机。为他写名字的医生教他如何操作缝纫机，然后就到野战帐篷的角落休息去了，坐在一张木椅子上，腿上摊着一本书。在较为暖和的晚上，他就在那里过夜，因为那样轻松些，因为他们没有足够的人轮岗。

亚汉千方百计地补着衣服，一遍遍从头来过，一遍遍左思右想时，医生大声地念着书，好让看守和伤员都能听见。每当医生伸出黑乎乎的手指翻页，众人便齐刷刷向他转过头去。那些时刻，在那片空阔野地上的帐篷里，只有他的声音、阵阵风声、玻璃发出的“呜呜”声，再加上一个故事。

四

同为异乡之人

The fourth chapter

桑蒂曾经在小镇到处找人，问他们是否是他的爸爸妈妈。男男女女一个个低头看他，要么一头雾水，要么乐不可支，要不然就满心难过：那孩子正举起手让人握呢。

秋季来时，亚汉登上了山城的最高处，途经大道尽头的教堂，越过一片斜斜的绿野。

岭上有棵高树，就那么一棵。他在树旁歇了歇，远眺海岸线、灯塔以及北边一个旧种植园的屋顶。惊涛骇浪逼近绝壁，一阵风卷走了种种声音，他凝望着小镇：它仿佛正在沉默中度日。

这是他待在巴西的第二年。他已习惯了炎热，习惯了暖和得多的四季；皮肤已经晒黑，还留着一头短发，站在浴室镜前，他用裁缝铺里的剪刀自己动手修理。他的身上又长出了肌肉，重新精神焕发。

当天早些时候，他曾去过集市，集市位于一个俯瞰港口的大广场。他穿过过道，经过小摊，竖起耳朵细听小贩和买家讨价还价，把能翻译的句子翻译出来，再把听不懂的词记下发音，待会儿问问老裁缝。

手艺人和玩具商坐在藤椅上，用报纸扇着风。他们卖陶器、玩偶、挂毯、木头动物、大大小小的玩具船，一只只排成行，其中有些跟石头一般大小。他拿起微型船，细细打量着工艺，用掌心感受它们有多轻、多光滑。他弯腰凝视船上的洞眼，仿佛想在那里找到些什么；他想象所有船只都被放到海中，一艘艘各奔东西——随它们同去又是何等美妙。

教堂的尖顶高过山岭。亚汉听见一扇门“吱呀”打开，于是低头俯瞰，目光越过一道石墙——那里出现了老牧师的身影，身后跟着佩谢。佩谢还倚着手杖，与牧师一步步走过教堂后的花园。从只言片语中，他听出那两人正在谈论礼拜仪式和晚餐，随后牧师进了教堂，守园人则开始摘菜。

佩谢身穿棉布长裤、一件旧衬衫、一件背心，头发蓬乱，臂弯里挎着篮子。在小镇度过的第一年，他们只搭讪过几次，每次佩谢都请亚汉喝茶，亚汉总觉得自己迟早会去。

有些时候，有个农夫会去战俘营，跟士兵们讨价还价。尽管从未跟那位农夫搭过话，亚汉此刻却想起了山谷中那家农庄，远在围墙之外。当时他会不时远眺那里，望见农夫待在门口，或是在清洗窗户。

亚汉一直不认识那农夫，不知道他是否有家有室，战争又如何改变了他的生活。他猜想农夫还在那里，说不定战俘营也还在呢。他想起在高墙和塔楼包围下，一众医生、士兵和护士在方寸之内忙个不停，他不知道群山之中现在还留下了什么。

静寂的午后，从山岭之上，他盯着佩谢看了一会儿，园中树木在守园人身上投下缕缕阴影。

港口那头，船上的板条箱吊在半空，鸟儿围着它们翩翩盘旋。海水澄澈，一波波向他涌来，又一波波退了下去。他感觉到时光流逝，而自己并未愧对这些时光——他辛勤工作，维持生计，于是感到心满意足。他想知道时光会带来怎样的未来，给他留下的又是怎样的生命。

正是在那时，他望见那两个孩子——一男一女。他们在小镇旁边的峭壁上出现，穿过绿野中高高的草丛，向他走来。

此刻他可以清楚地望见他们：两个孩子的衣服几乎一模一样，都穿着尺寸太大的长裤，下摆卷到小腿，被海水濡湿了一片。孩子们穿着白衬衣，领尖用纽扣系上：女孩将衣袖卷到手肘，男孩的袖子却垂在手臂上，看上去空荡荡的，活像缺了胳膊。他跟在女孩身后，浅色布料在腰间摇摆。男孩有一头短短的黑发，女孩则有一头浅色长发，垂过肩膀及至腰间。他们都光着一双脚。

他认识这两个孩子，尽管有一阵子没见到他们了。

亚汉望着两个孩子慢慢靠近，羞答答地向他走来。他正背靠大树坐着，双手拢着膝盖。孩子们停下脚步，男孩望着亚汉身后的某个地方，仿佛在等其他人出现。女孩的眼神难以捉摸，盯在亚汉身上一动不动。天气晴朗，清风不停从海上吹来。

他举起身边的包裹。女孩歪歪头，仿佛在左思右想，随后接过去，手臂伸进帆布包一通乱摸。不一会儿，她便举着包里拿出来的面包、水果和鱼干——都是亚汉从市场上买来的。

她把袋子递还给他。男孩和女孩站在树下吃起来，频频把美食塞进嘴。他望着孩子们吃东西：他们开始环顾四周的山坡和小镇的片片屋顶，眼神渐渐平静下来，一心享受着美食，羞怯样一扫而空；取而代之的是种坦然，甚至可以说，是某种怡然自得——尽管亚汉说不好自己是否也算其中一分子。女孩将头发拢到耳后。他能闻见孩子们的味道：衣服、头发与呼吸，闻上去，两个孩子仿佛油漆和海岸。

吃完后，两个孩子在衬衣上擦擦手，从他身边走过，去攀树上一根长长的枝条。男孩抬起一只长满老茧的脚，孩子们爬起树来，越爬越高，手脚在枝叶间闪动，仿佛绕着大树旋转的行星，挡住了午后的日光。

他们各自占了树中央的一根枝条歇息，在亚汉头顶晃着腿。男孩面对大海，女孩面对山丘、农田和远处群山。孩子们的身影被树枝藏了起来，只露出一角衣裳、女孩的一缕长发、一只脚踝和脚。其中一个孩子咳了咳，两个人又都不吭声了。

此时此刻，耳边唯有风过树叶。男孩在树枝上躺下来，孩子们脚下的亚汉则伸伸腿，靠在树上，闭上眼睛。

他听到女孩说——“你还留着它吗？”

她说的是葡萄牙语，那种他还在学的语言。他犹豫一下，在脑海中重复一遍她的问题。

没有抬头瞧她，他点点头。

他听见叶间落下一串笑声，她还不作声地开心呢。亚汉笑了。他曾以为，多年前与他们的偶遇是自己做白日梦：在抵达巴西的那天，老水手一边抬手向甲板指去，一边递给他一把伞。

雨伞正搁在亚汉卧室的角落里，上次淋湿的伞面早已干透。

他听见女孩叹口气，男孩挪挪身子躺下来。

随后，她叫了他的名字。吐字很慢，一个个音节不急不火，就叫了一次。亚汉并未睁开眼睛：她的声音恰似记忆中一般袅袅，银铃般洒进他的心间。大家再也没吱声，又在那座山峦上待了片刻。

那些年里，他们在亚汉的生命中时隐时现。

他不清楚那两个孩子的来历，不知道他们生在这里，还是来自他方，只知道有时他们会露面，也有些时候压根见不到他们的身影。有时他们会在镇上住上整整一年，而有时他们只待上一两季，又沿海岸公路离开。

他说不准孩子们究竟去了哪儿；他想知道远方城镇是否有其他人认识他们，熟悉他们，甚至一心盼着他们到来——他自己已经有了这份心思。

有一阵子，他以为那两个孩子是兄妹，要不然也许是表亲。他说不准自己怎么会这么想，不过那两个孩子总在一块儿，来往于一个个城镇之间，仿佛他们已经跟对方一起生活了很久。

小镇人把他们叫作“乞儿”。这类孩子都叫乞儿：小小年纪，在各条小巷或离种植园大宅不远的地方落脚。

那女孩叫比亚，男孩在熟人间的名字则叫桑蒂，因为他是在教堂里捡来的，在那里度过童年，由佩谢抚养长大。对他这年纪的孩子来说，桑蒂是个小个子。他想做个水手，尽管那孩子一直没学会游泳。不过无论怎样，在无数个清晨和傍晚，人们都可以发现桑蒂流连海岸，遥望船只进进出出。

她大约十五岁，男孩大约比她小七岁。他们说不准自己究竟多大年纪，不过似乎并未为此烦心。

有时，亚汉会在小巷中偶遇两个孩子。刚开始，他们会一溜烟躲进暗处，或者羞答答地呆站在原地。但很快他们就跟他混熟了，亚汉帮他们翻垃圾桶，翻了一个又一个袋子，到处找可以留下或用来换东西的宝贝：一把梳子啦，一个相框啦，还有一双皮鞋，桑蒂笑嘻嘻地往脚上套——他穿着太大，不过皮鞋倒是又干净，又时尚。

比亚在桑蒂的脖子上扎了条手绢，男孩装作那是一条领带。手绢和皮鞋他穿戴了好几天，沿着海滩向聚居地走去，一派怡然自得，嘴里还哼着从电台听来的一支歌。

亚汉又一次遇见他们时，两个孩子的脸和胳膊都有瘀伤。男孩光着脚，皮鞋和手帕不见了踪影。他们俩不肯正视亚汉的眼神，也不肯说个究竟；两人的衬衣都少了几个纽扣。比亚用手拢起头发，好让老裁缝给她清理脖子上那道刮伤的伤痕。老裁缝补两件破衣服的时候，孩子们就在毗邻的巷子里过了一下午。

孩子们不常来裁缝店，但他们每次来，老裁缝便会取出美食，拿出干净衬衫和男式长裤，他们就卷起裤腿穿——那都是清做的备用衣衫，或者多年前离开小镇的客户不要的衣裳。

裁缝在一个高高的架子上搁了个雪茄盒，里面是桑蒂搜罗来的玩意儿。有时男孩会坐在店前，打开雪茄盒再次品味他的宝贝：衣服上的饰品、一个吉他拨片、一块石头。而此时比亚正骑着老裁缝的脚踏车，一圈圈在窄巷中绕行。人行道上摆着老裁缝留给他们的食物，用报纸包了起来。男孩会追着她满街跑，指尖裹上皱巴巴的巧克力棒锡箔包装纸，流溢着片片阳光，仿佛一根根指尖都着了火。

不过有一次，他们竟然躲着裁缝铺。那是个下午，桑蒂来了，站在老裁缝的假人前。当时 亚汉正在泡茶，便掀起了门帘。清刚去市场不久，店里只有男孩一个人。

桑蒂嗫嚅了几个词。他咬住嘴唇，握起拳头，侧了下身，一拳打在假人胸部。假人“吱嘎”作响，摇晃起来，“吱嘎”声和假人身上扬起的灰尘弥漫了整间屋。男孩再打一拳，又一拳。假人晃得越来越厉害，影子摇摆着越过地板，紧随而来的是沉沉的声音，男孩朝天花板吐了一口灰。

过了一会儿，精疲力竭的男孩倒在假人脚下睡着了，蜷成一团，枕着一卷布，直到比亚来找他。

他开始与其他男孩打架，田间野地也好，小巷海边也好。要么为抢吃的，要么为抢找到的宝贝，手上脸上不时添几道割伤和擦伤。

一天清晨，亚汉无意中发现比亚正攥住男孩的胳膊大声冲他吼，猫着身子，脸几乎贴着男孩的面孔。桑蒂朝亚汉扭过头，额头上赫然有道伤痕。

亚汉吓了一跳：男孩的脸色一派平静，仿佛他并非在听比亚的数落，而是身处远方，远在小小山城之外。他向孩子们走去，但比亚飞快调开了目光，两人消失了踪影。

第二天，他在小镇高处的草甸发现了两个孩子。比亚背着男孩，穿过茂密的绿草向岭上那棵树奔去。他听见一架飞机从他们头顶的天空掠过，接着便是两个孩子的一串笑声。

亚汉不知桑蒂为什么跟人打架，也不知道是不是男孩起头挑事。他从来没有问过。

老裁缝倒是早就认识两个小孩。在他们身边，他的动作总算快了几分，常常露出笑容。

亚汉到店之前的某一年，老裁缝趁午后在草地上歇息，一觉醒来，却发现有个小孩站在高处。

“嗨，”孩子说，“你是我爸爸吗？”

清还没有从梦中醒转，一时说不出话来。

男孩说：“没关系，我们做朋友吧。”

说完他屈膝握住裁缝的手，过了一会儿才走开。

桑蒂曾经在小镇到处找人，问他们是否是他的爸爸妈妈。男男女女一个个低头看他，要么一头雾水，要么乐不可支，要不然就满心难过：那孩子正举起手让人握呢。他在港口跟着水手到处跑，佩谢却在镇上到处找他。

一次，他和另一个孩子想要爬上教堂尖顶，结果那少年跌了下来，清目睹了一切。那是傍晚时分，半空中出现两个孩子的身影，身边点缀着初升的星星。接着是一阵声响：呼气声、指甲抓挠石块的声音，其中一个男孩就那样跌了下来。老裁缝还以为见了鬼呢。

清挤过围拥着少年的人群。路灯已经亮了。坠楼的孩子想要挪挪身体，但透过簇拥着的重重人影，裁缝看见他压根爬不动：孩子的眼神拼尽了全身力气，闪着狂热的光。

一名医生剪开少年的长裤时，清搂住孩子，倾身向前摸摸他的头发，捂住他的耳朵。孩子的眼神已经平静下来，鼻涕滴到清的手腕上，眼神死死地盯住裁缝的领结，仿佛在那里发现了什么宝贝。

清感觉一只手搭上自己的肩膀，抬头却望见桑蒂站在身后：他的手掌在爬尖顶时割了道口子，血迹沾上了裁缝的衬衣。这男孩满脸都是赞许之色。

“你是我的朋友。”桑蒂说。

至于躺在那里的男孩，他连看也没有看一眼。

坠楼的少年保住了命，但没过多久就离开了小镇。裁缝发现桑蒂在大街小巷到处转悠，问人是否见过那坠楼男孩。

对那个少女，亚汉就知之更少了。为了换点吃的，以前她老往教堂跑，帮佩谢干杂活，挖挖花园或是擦擦彩色玻璃窗，要不然拖拖地板，不久后还开始照料那个被扔在教堂里的弃婴。桑蒂长大几岁后便跟她走了，而佩谢不愿阻止两个孩子，眼睁睁看着他们穿过茫茫绿野，向大海走去。

她常骑清的脚踏车。在楼宇间，亚汉不时瞥见一抹身影，她的一缕秀发或脚踏车轮倒映在某扇窗上。如果镇上响起音乐，她会四处寻找，然后待在人群边上。时不时，他还撞见她坐在一条小巷中，在一家地下音乐室的窄窗旁，靠在墙上叠着腿，随乐手的旋律哼着歌，闭上眼睛，轻轻摇摆。

有些日子，她则紧黏住桑蒂，纤细的手一把搂住他，将他贴在身前。有时她也趁着黄昏时分在树下睡一觉，那样香梦沉酣，靠着树干蜷起，好似刚刚经过一段无比漫长的旅程抵达此地。看她刚醒来的模样，仿佛正千方百计记住一个梦：她支起身子，一溜汗珠顺着后背流下来。

她的肌肤跟铺上砖瓦的屋顶一般颜色。

他喜欢听她念他的名字，在小镇上，他并不常听人这么念。那词听来跟老裁缝嘴里说出的不一样，甚至跟他多年来听见的不一样。她用的是她自己的语言，耐心十足，不急不火，仿佛吐出每个音节前都要短短流连一阵。

“亚汉。”途经裁缝铺时，她从市场另一头叫道。她扬手挥在半空，几个人闻声扭头张望。

The fifth chapter

遥远的过往

五

有那么一会儿，他还是当年模样：青葱年少，在当年那个国家，当年那个港口，正将旧日抛到身后，却说不好过去是否会如影随形，跟他远走天涯。他记得当时身体一个劲儿发抖，压根管不住；记得当时在踏板上迟疑，一个人孤立水上，仿佛悬在岸与船之间。

桑蒂与比亚融入了他的生活，正如他们来了又去。两个人动不动突然离开，过上好几周又在镇上现身，仿佛压根没有挪过窝。

亚汉一直在店里忙，为男客人量尺寸、做新衣裳，改一改旧衣裳。他已摸清了各人的喜好，每逢客人来取衣服，不等他们开口，亚汉就能眼明手快地交货。他摸清了大部分街区，熟知大街小巷，继续往四处送货。

葡萄牙语也算逐渐上路了。他开始跟街头小贩闲扯，打听他们售卖的鱼和水果。他为老裁缝跑腿，到药房买香皂，到日本餐馆买晚餐。

每隔几个星期，亚汉和清会光顾一家理发店，店里的意大利理发师跟老裁缝是多年旧识。不过清从不剪发，他一屁股坐在角落里，跟理发师聊起镇上的八卦，亚汉倒会理个发，再修一修面。

裁缝与理发师聊的是葡萄牙语，亚汉听他们谈起：某个女服务生与一名码头工人之间出了段风流韵事；某家投宿公寓私底下是个妓院；一个把鸟当作宠物的女人有个癖好：如果确信没有旁人听见的话，她会开口跟死去的丈夫谈话。

稍后散步时，亚汉再拿听不懂的词问清，老裁缝笑逐颜开地用日语讲出来。

1956年冬天，小镇遇上了一周寒冷天气。师徒二人一直关着窗，谁让亚汉已经受不了寒冷呢。他和清穿上了毛衣——自打仗以来，亚汉可就再没有穿过毛衣了。整整熬了一天，他才习惯身上沉甸甸的分量。左邻右舍带来老早以前收好的大衣，让裁缝们新做一个衬里、再钉一枚纽扣。

某日下午，老裁缝费了好大劲才从椅子上起身。那天早晨，他在干活时总不时歇一歇，直愣愣盯着自己的手，仿佛它压根不听使唤，而他再也认不出那双手。

师父早早收了工，一步也不出自己的卧室。当晚亚汉端来清茶，发现老人家睁着眼躺在那儿，冲着天花板抬起双臂，还紧盯着自己的手。

“没什么大碍，不过是感冒。”老头说，“我要睡一小会儿。”

说完他闭上双眼。

亚汉打电话叫来医生。医生年纪轻轻，身穿一套出自老裁缝之手的西装。透过门帘缝，亚汉看见他坐在清的床边，裁缝的胸膛上搁着听诊器。

“他没病。”过了一会儿，跟亚汉一起站在裁缝铺里，医生告诉他。

医生离开后，清又坐到裁缝桌边开始工作，随后顿了顿，抬头愣愣地盯着面前的墙。

“你其实用不着叫医生。”说完，老裁缝埋头缝起了手里的衬衣。

病去如抽丝，老裁缝好歹熬过一劫，但也日渐不济：他越来越爱睡，却越发醒得晚。打开店门成了亚汉的活。老头还满心记挂着他的客人，给他们量身时手脚也还麻利，但要做完一件衣裳，他花的工夫却越来越长。

某个周日，关上店门后，亚汉在码头待了一下午。他从一堆堆板条箱旁绕过，空气中洋溢着机器的声响、陈酒味和鱼腥味。他抬头打量船只，瞧瞧船头用不同语言写成的名字，一直走到南边最后一个码头。

有人在叫亚汉的姓名：一个长着白胡子的矮个男人挥挥手，向他走过来。在板条箱簇拥之下，两人面对面站着，对方放声大笑，夸起了亚汉的毛衣。这是个晴朗的日子。

“还想出海呢？”水手说。

接着两人拥抱行礼——每次遇见对方，他们总这么做。上一次见面已经是一年前的事了。跟裁缝一样，水手也开始上年纪了，来势汹汹的老态吓了亚汉一大跳。

“现在只剩下我啦。”水手边说边指指正在卸货的一帮船员，亚汉发现他们齐刷刷是些生面孔。

船员们讲韩语，那种语言亚汉已一年没有听过、说过。有几个词他居然记不得了，花了一会儿工夫才想起来。

至于原来那帮水手，其中有一个已不在人世——遇上了一场起重机事故；其他人则换了工作，跳槽去了别的船、别的航线，越过太平洋驶向美国西部。

水手拍拍亚汉的肩膀。

“不过你……”他说，“你倒是不会挪窝。”

水手又哈哈大笑，回头向船只张望：一个男人正沿着一块厚木板把箱子往下滑。

“啊，”水手说，“你的货。”

亚汉跟着水手走上码头，上面摆着两箱纺织品，来自大阪和东京。他并没有立刻离开，而是坐到其中一只箱子上，面朝着大海，水手则一屁股坐到另一只箱子上。水波蓝中带灰，每每有鸟儿一头扎入海中，随即惊碎一汪碧波。

这些年，水手一直住在日本南部海岸，投奔了一个战前就已移民日本打工的表亲，有了两个儿子一个女儿，太太是个日本人，目前在一家酒店清洗床单。

“那家酒店是新建的。”他说，“她的手被糟践得厉害。”

这么说着，水手高举起双掌。他并非经常见到妻子，只要能鸿雁传情，他们就给对方写信。日本太太把信发往水手的下一站，偶尔也写信到亚汉店里，因为他好心答应帮忙，还会把信一封封收起来，用麻线捆上带去码头。

有时候，水手会将信大声念给亚汉听。小学徒便遥想海边村庄里的小宅子，水手太太沿小径走到酒店所在的海边，手拿阳伞和便当。孩子们去上学，回家则与水手的岳母待在一起。有时酒店里顾客寥寥，她却仍会打扫房间，整理床铺，扬起象牙白的床单。那片白铺天盖地，无处不在，正如千百顶空空的帐篷。

但店里已经有一阵子没收到信了。亚汉无须开口跟水手讲，对方已心知肚明：亚汉压根没给他任何东西嘛。

“我很快就会见到他们。”他边说边遥望一艘小船驶离港口。

水手没有接口说下去，亚汉扭头搜寻他的目光，等着。

水手说：“……我还没有听说关于你家乡的任何消息。”

他再没多说，亚汉明白言外之意。水手多待了一会儿，但两人话都不多，仿佛该说的已统统说光。水手提到朝鲜，好似蜻蜓点水般，讲起他的船曾停靠的东南港口（当年亚汉正是从那里扬帆出发），但也就提起了这么一丁点。

亚汉想知道那港口眼下成了什么样，是不是建了新楼、泊着新船，是不是变得更加忙碌，但他没有开口。他打个寒战，抱紧双臂。当年他曾站在那个港口，寒冬中站在林立如塔的船只中，护送他的美国人伸手向远处一艘船指去：长空流云正在高耸的甲板上投下一幅幅变幻的剪影。

曾几何时。曾几何时，那里有着疲惫的他、疲惫的护送人员、众人布满血丝的眼睛、他们的头盔，还有身上常年不变的碘酒和火药味——似乎要等多年以后，那味道才能消退。即使如今，有时他仍可以闻见那味道，当初海岸那一夜也似乎并不遥远。

有那么一会儿，他还是当年模样：青葱年少，在当年那个国家，当年那个港口，正将旧日抛到身后，却说不好过去是否会如影随形，跟他远走天涯。他记得当时身体一个劲儿发抖，压根管不住；记得当时在踏板上迟疑，一个人孤立水上，仿佛悬在岸与船之间。

他又记起清晨时分，驶进这个海港时，水手正站在身旁。当时水手点上一支烟，跟他一起遥望其他船只卸货，肩脖上兜着货箱的小贩们沿码头走来走去，售卖文具与色情读物。

“亚汉，”当时水手说，“就待在这儿吧，多待一阵。”

天色渐暗，码头燃起万千灯火。远远地在码头，亚汉认出老裁缝那辆脚踏车，也认出了骑车人——比亚。她沿鹅卵石小径在集市广场绕行，在货箱和人群中穿来穿去，围巾兜着一头秀发。桑蒂坐在脚踏车上，搂着她的腰。

自行车一路踉跄，有那么片刻，比亚似乎马上要摔上一跤；亚汉发现自己忍不住站起身来。但她重又骑稳了车，哈哈笑着继续上路，绕过人群向木板路驶去，桑蒂的双腿高高跷在空中。

亚汉说不清两个孩子是否看见了他。他和水手一起望了那两人一会儿，亚汉提议找个房间让水手过夜——他总是好意邀请，但水手谢绝了——他也总是婉言谢绝。

“下次吧。”水手说。于是他们分道扬镳，亚汉用小车推着箱子上了山坡，水手则回到船上属于他的舱室，里面有张窄床、相片、太太写来的信、孩子给他的陶瓷海豚，还有两枚硬币，那是同船船员多年前搁在他枕上的旧物。

The sixth chapter

温柔的相遇

六

他等着，尽管他不再确定自己在等什么。双腿越来越沉，两手牢牢插进草地，他想象自己渐渐沉没，坠入黄土之下，直到大海将他吞没，不留一丝踪迹。他想知道，那时有谁会注意到他不见了踪影，谁会想念他这个人?

某日傍晚，他透过窗口瞥到有人骑着脚踏车穿越小镇。车把上有一只手电筒，而他遥望着它洒下的星星之光蜿蜒下了坡，又融入海岸线。

他走出裁缝店，经过教堂，踏上草地，一步步远离小镇，在无边的夜空下撒开脚步。不久后草地渐窄，成了海平面上高悬的一角，他从旁边的一条路走下悬崖。

明月近人，月色处处。有那么一瞬间，他找不着方向，于是伸手搭起凉棚，眯眼打量：他在港口北面的一片沙滩上，细沙光泽熠熠、绵延不绝；他闻得见海水的咸味，一张撕破的纸从身边飞旋而过。

远远的海滩深处，正燃着一堆篝火。烈焰腾腾，暗淡了天上繁星。他能认出夜色中的一个个人影：有些肩上搭着毯子坐着，其他人站着。一个女孩抬起胳膊伸伸懒腰，在火光映照下，她的身影仿佛一弯柳叶，又似一条游鱼。

他向那帮人走去，感觉脚下沙滩绵软。这里离灯塔不远，他一步步沿海岸线向前走，身旁波光粼粼，耳边则听到喋喋语声，也听到夜之静谧。

等到走近篝火时，海滩也正好往里拐进了一个弯。绿树石块之上屹立着种植园的旧宅，远远地居于俯瞰野地的山坡。它面朝大海，夜色下看来好似刚刚建成，但片刻后月色渐明，照亮了残垣破壁、上了木封条的一扇扇窗户、塌毁的门廊，以及被掀掉了一块的屋顶。

近处则是排排棚屋，一间间铺着钢板屋顶的小小陋室。其中一些没有窗户，另一些徒有门框，却空荡荡的没有门，只用几条厚毯子掩住门口。

窝棚之间有条小径。月色下，亚汉遥望着一个骑骡子的家伙慢悠悠穿过这片聚居区，双脚差一点就要挨到地面。

男男女女扛着篮子走进各家各户；一扇门旁，两条灰狗并排躺着，脑袋枕在爪子上；一群老头抽着烟，个个留着一把长须，帽子扣在膝上。

空地上伫立着一棵树，各色待干的衣衫在枝上飘扬；树下站着比亚。她头戴一顶宽檐帽，垂下来掩住眼睛，正抖开一件衬衫晾上树枝。

亚汉绕过篝火，越过石墙向她走去。海浪拍打着岸边排成一溜的小船。

他能听见自己的呼吸，听见心跳一声声快上去又慢下来——他正远离海滩，踏进聚居地。眼前仿佛是冥冥中某人的梦境，他未经许可便一脚踏了进去；一切如此熟悉，却又那般陌生。

草丛清凉，烹好的鱼香味在他身边萦绕。一个拄拐杖的男人从旁经过，点了点头。一间间棚屋低矮敦实，金属屋顶反射着片片夜色。

他望见空地那头有个杂耍师的身影，在靠近种植园旧宅的位置。杂耍师仰面冲天，身旁围坐着一群孩子，正紧盯着他的一举一动。

亚汉迈步走近那棵树。见到他，比亚似乎并不意外。他抬头仰望挂在他们头顶上的衣衫，半空中招展的方方圆圆仿佛一扇扇浮窗——满满一堂棉布丝罗。几滴水落到他的手腕上。

比亚一声不吭地领亚汉离开，向空地深处走去。桑蒂坐在一张大毯子上端详他们，身边摆着手镯、项链和众人织出来的盘花绳——天亮后，他们还要带这些零头碎脑去集市上兜售呢。他们会坐上一整天，眼睛定定地盯在地面上，能卖多少就卖多少。

不远处有群围成一圈的孩子，一个个往后仰，手里攥着青草。有几个身穿毛衣，有几个头戴羊毛帽，还有好些人光着脚。

变戏法的杂耍师站在中央，把孩子们的鞋往空中扔。他的双眼裹着一条褪色的红围巾，双肩单薄，宽宽的衬衫里隐隐露出锁骨，双臂舞得好似风火轮，一刻也不停歇。围巾的两端飘扬招展，眼盲的杂耍师冲着夜空的云侧起脸庞。

桑蒂给他们两人让了个座。月色照亮了男孩脸上的一块瘀青，亚汉装作没有看见，反而撕开一块巧克力跟大家一起吃起来。

他能感觉手心挨上了湿漉漉的草地，毯子传来甘草的气味。他扭头回望聚居地：一间陋室的屋顶摆着好些盆栽的花花草草；地面上蹦起一只猫，伸爪挠挠绿叶；有人在用留声机播放一首法国歌。

他不清楚现在几点钟：也许已近午夜，甚至更晚些。如水的夜色泻了一地，偶尔可听见阵阵车声，但此地无法望见小镇——有海岬和悬崖挡着呢。

亚汉第一次尝到巧克力，是在战俘营的时候，那可是美国送来的玩意儿。一名护士把巧克力搁在潮湿的手术台上，用手术刀切开。

她把宝贝分给野地帐篷里的人们，一块块有指甲盖大小。亚汉站在角落里，放一块进嘴，紧紧抿住嘴唇——味道真让人不习惯，那么甜滋滋的。瞧瞧其他病人和护士，一个个也都这样：所有人都一声不吭，仿佛保守着一个秘密。

护士还分了些巧克力给某个住在战俘营外的少年。结果接下来的日子里，亚汉能透过围栏望见那孩子。少年站在野地中，低头紧盯自己的衬衫：衬衫曾染上过一块巧克力渍，被他舔了个干净。等到已经尝不出滋味，他却还会举起那一角闻一闻。巧克力香消散很久以后，少年还在这么做，每嗅一次便咧嘴一笑，随后继续迈步往前，走进了密林，后背上绑着一只风筝。

旷野之中，一只只鞋抛上半空又落下，不停高低起伏，耳边不时传来掌声与笑声。他听见惊涛拍岸，航船吹响号角，又见海上闪耀起一艘渔船载着的点点灯光。那长长的渔船驶得太慢，亚汉说不好它是不是在往前行驶。

桑蒂又拿了一块巧克力，撒腿跑过聚居地向海岸奔去，身影在黑暗中模糊难辨。他爬上一块高耸的岩石，举起双手拢成一只望远镜，对准了船上闪烁的点点灯光。

“他们在农场和矿上干活。”比亚边说便望向聚居地和海滩上的堆堆篝火，“还有些渔民和工厂工人。”

说完她拉起亚汉的手，展平掌心，搁在腿上，低头细细打量它。她用食指追寻着大拇指根部曲曲折折的掌纹。

“你会非常长寿。”她开口说，“不过纹上有个分叉，你会遇上一次大劫。瞧，你将绕道而行，避开靠近手腕的这个岔口；这就是你的个性——绕开劫数。看这里，有段时间，”

她说着拍拍他的手，“你会过上一种不一样的人生。”

她吐字很慢，好让他听明白。她还是第一次对他说这么多话呢。听上去，她既说到了他未来的生活，又讲到了他旧日的遭遇。他多想她说下去，一句接着一句，他多想被她的声音萦绕。但比亚猛地抬起眼，亚汉抬头发现杂耍师正向两人俯下身，脸上满是好奇的神色，接着皱皱眉，抿紧了嘴，伸出一根手指在唇上“嘘”一声，一下子抢走了比亚的帽子——在打趣他俩的同时，人家杂耍师还一直蒙着眼睛，一只鞋子也没有漏接呢。

比亚顿时面红耳赤，放开亚汉的手。两人又转头观看蒙住双眼的杂耍师：鞋子帽子在空中高高飞起，他正绕着圈走来走去，一会儿跑几步，一会儿扭扭身子。

满堂彩！山脊背后隐隐出现一架飞机，有人收下树上晾着的衣裳，却又有好些衣裳被晾了上去，篝火的烟雾飘过树顶。

夜色渐凉。他望着女孩的帽子起起落落，帽檐在空中乱舞，染上一抹月色。

桑蒂还站在高岗上。亚汉随着男孩的目光望向粼粼水波；他等着，尽管他不再确定自己在等什么。双腿越来越沉，两手牢牢插进草地，他想象自己渐渐沉没，坠入黄土之下，直到大海将他吞没，不留一丝踪迹。他想知道，那时有谁会注意到他不见了踪影，谁会想念他这个人？

他望着两截红围巾在蒙住眼睛的杂耍师身后招展。他想起绿树森林，高高的树冠，一条河，想起一只握住他胳膊肘的手，鹏。

他想起昔日故地上拔地而起的新城，一间间新屋新店，一辆辆脚踏车，一个个集市，一群群孩子。

比亚的帽子又被抛上了半空。

那天晚上，在他离开前，她向他俯过身子，两人的脸差一点就要挨上。他感觉耳边吹来她的呼吸。

她用手拢个喇叭，说道："……他每天下午练手艺，免得生疏。他以前在马戏团待过，后来去参加战争，现在瞎了一双眼睛，但还能把东西抛出去又接回来呢。他跟我说，这活儿用不着一双眼睛；他还跟我说，只要他上场，所有人都以为他看得见，所以他才在脸上裹了一条围巾，结果观众激动坏了。他更喜欢这样子：一直到表演结束，观众纷纷散去，却还一心认定他是个明眼人呢。他让我想想那一幕，那让他开心得很。所以嘛，等到今天我们各自回家、各走各路的时候，他迈步进了家门，解开头上的围巾，四下里瞧瞧又望望窗外，先揉揉眼睛，再眯起眼躲开阳光——这就是我为他设想的一幕。在我的梦里，他握住我们的腰，将我们一个个抛上半空。他抬起双臂，我们便往上飞，而他凝望着我们——真是好一幅美景。”

The seventh chapter

雪人

七

鹏在战俘营里几乎没怎么笑过，所以亚汉会记住那个笑：当年夏夜，在重重绷带后，鹏所重温的是怎样的旧日回忆？握着一手扑克牌，用指尖拂过牌面，好似拂过一件了不起的宝物时，鹏所遭遇的是怎样的片刻、怎样的故事？

他曾跟医务员打过一回牌。当时他在到处找鹏，不知道那家伙乱跑到哪里去了。那是入营第一年的夏日，时值傍晚，没人能安生睡觉。在一顶权当医院的帐篷中，一只木箱旁围坐着三个人，鹏也在那儿。众人纷纷解开衬衫纽扣，身边摆着一圈蜡烛，细细的火苗照亮了几只飞蚊。

他们打手势招呼亚汉，他便进了帐篷，坐在众人身旁的木箱上，看他们打完那局牌。

这时有人问起，他和鹏是否也想打打牌呢？那玩意叫作“扑克”——他们说，其中一个医务员又教他们辨认花色。鹏拿了一手牌，眼上的绷带被映得雪亮。每当轮到鹏和亚汉出牌，鹏就等亚汉将手里的牌悄声告诉他，点数也好，花色也好——是梅花呢，还是老K呢。

他俩打牌不怎么行：太磨叽，又不懂行。

即使如此，映着幽幽烛光，鹏还是握着那手牌，笑了。鹏在战俘营里几乎没怎么笑过，所以亚汉会记住那个笑：当年夏夜，在重重绷带后，鹏所重温的是怎样的旧日回忆？握着一手扑克牌，用指尖拂过牌面，好似拂过一件了不起的宝物时，鹏所遭遇的是怎样的片刻、怎样的故事？——仿佛在那短短的一瞬间，在临近那个国家南部海岸的地方，纷飞的战火之中，眼前战俘营里的点滴时光竟成了一桩奇迹。

正如终有某日，亚汉将与桑蒂、比亚一起坐在集市广场，边打牌边兜售手镯和项链。他有时开个小差，拿着一张方块三，想起多年前那一夜。

后来的牌局中，鹏与亚汉兵分两路：亚汉帮一个名叫拉蒙特的医务员看牌去了。拉蒙特问该扔哪几张牌，亚汉伸手指指其中一张，拉蒙特却皱皱眉，又摇摇头。那家伙长着一头浓密的浅色鬈发，鼻子上撒着雀斑。

“雪人”——美国兵给亚汉和鹏起了这个绰号，因为他们清楚两人的来历。美国人是在山中发现亚汉和鹏的，不远处有一颗炸弹留下的残骸，两个人就被埋在雪中。当时亚汉的鼻子从雪地里支棱出来，因此美国佬把他们捉个正着。

“活像个见鬼的胡萝卜。”美国兵说。他们用枪托戳戳那鼻子：如果鼻子的主人小命还在，总会有点反应吧。鼻梁骨突如其来的“咔嚓”声钻进耳朵，亚汉尖叫起来。

就在当天，亚汉所属的小队负责侦察山区。他与鹏曾跟战友们同住同行，一块儿打仗，一块儿打盹，但当天只有他们两人从炸弹轰炸中捡了一条命。

亚汉不知已有多少天过去了。有时他会清醒片刻，身子在一辆卡车的病床上抖个不停，被绑着两只手腕，脸上居然热烘烘——接着便是一阵痛。

鹏在他身旁，眼睛已经瞎了。

医务员的年纪都跟亚汉差不多。他记得自己好生羡慕医务员的靴子、呼呼大睡的康复期病人，还有停下脚步旁观牌局的护士。

当月有两名医务员离开了战俘营。亚汉不知道他们去了哪儿，也不知道他们是否还活着。那两个家伙肩上扛着大包裹，向门口走去——门口正等着一辆车。他们跟老头一样步履蹒跚，将步枪当作手杖。

“雪人。”两个医务员大声叫他，在围栏附近挥挥手。

两个家伙把自己的留声机留给了护士，于是“本尼·古德曼”填满了后来的日日夜夜。

天气转凉，伤员们被迁到废弃的纺织厂里。当年12月，有人送来了一批箱子，里面装满彩带、灯饰和锥形帽。

拉蒙特（这个医务员倒是留下来没走）从一张张病床旁经过，给伤员们发帽子。

“亚汉。”某个深夜，护士一边大叫他的名字，一边摇摇晃晃——都怪跟圣诞装饰一起送来的威士忌，“来跟我跳舞。”她说。

正值圣诞时节，工厂车间每一头都燃着柴火炉。护士牵起亚汉的手，领他出门。屋外下过雪，两人的靴子深深陷进雪中；隔着一片野地，灿烂的节日灯火照亮了皑皑白雪。

他们站在一扇窗下：这样能听到音乐嘛。护士戴上一顶帽子——蓝色帽子，闪闪发光；也给亚汉扣上一顶。他还从未跳过舞，根本不会跳。

她拉起他的双手放在腰间，伸出双臂搂住他的脖子，一边向侧面迈步，一边哼起了歌，而他一样样跟着学。护士闻起来有股酒味，有些倦意。几个卫兵看着他们，她把头抵在亚汉的胸口。帽子从她的一头秀发上滑落下来，她与他在旷野雪地中翩翩共舞。

当时她身穿护士服，亚汉则穿了一件别人给的外套。透过工厂的窗户，眼前是一溜五颜六色的尖顶帽：一个牧师正读书给伤员听，教士们则端着一盘盘热巧克力。

那段日子真是乐声不断。亚汉等餐时听得见音乐，洗衣服时听得见音乐，沿着战俘营散步锻炼时也听得见音乐——鹏正攥着他的胳膊，嘴里哼歌呢。在望着医生们向病床俯下身子，卡车带着更多伤员抵达的时候；在学习缝补衣服的时候；在有人向他传授园艺的时候；在他远远地站在旷野中，一锄头一锄头挖地的时候，亚汉都能听见音乐——他有整整六把铲子可以用，而其他人在斜坡上开荒，用来挖地的家伙要么是鹤嘴锄，要么是水桶，要么得干脆用上两只手。

战俘们的肩膀上下耸动。远处的伤员从病床向这边远眺，隐约的旋律遥遥飘到他们身旁：那是一支歌。天色渐暗，曾与亚汉在冬日里共舞的护士小姐点燃了一个灯笼，正越过森森墓地。

The eighth chapter

切切的思念

八

其后的岁月中，亚汉常会想起这一夜：为什么自己当时没去找师父呢？为什么只是躲在门帘后，从一条缝里凝望那一幕呢？为什么不久后便转了个身，回屋躺到床上，却又无法入眠？

一晚，镇上停电，师徒二人上了屋顶。清带了只手电筒，他们坐在自己的椅子上，老裁缝用手电筒光照亮一幢幢楼。晾衣绳和电视天线上聚着鸟儿，夜空中万里无云，一扇扇窗户接二连三亮起烛光。

那是静悄悄的傍晚，仿佛各种声响也跟着电力一块儿消失了踪迹。灯塔的光束扫过粼粼水波，乐手们开始在港口附近的广场上弹奏，两人听着一支支歌曲飘上山坡。

他们的眼睛适应了黑暗。天气暖和，清却还穿着一件毛衣。

“我一辈子都低头看。”裁缝边说边张开双臂，做成裁缝台的模样，“从没有好好抬头瞧个够。”

他往后靠在椅子上，抬起了头。

“真是满天繁星哪。”裁缝说着哈哈大笑，凝视头顶宏阔的苍穹。遥想当初，远隔大洋之外，远在异国他乡，师徒二人少时所见，竟也正是这同一片苍穹。苍穹不改，银河不老——亚汉心中惊叹不已。

楼下传来匆匆的脚步声，一溜灯光在夜色中前进。灯光来到不远处，他才发现是一群少男少女，正前往海港广场：这帮少年可没有乖乖遵守宵禁。

亚汉有点好奇：小镇的夜幕为何让一些人乖乖待在屋里，另一些人却突然开心不已，竟然迈出家门，在条条窄巷上东奔西跑？仿佛他们穿行而过的并非小镇，而是白日梦中某个秘密城堡，远在别处。

他不知道今晚桑蒂和比亚会在哪儿，也不知道那两人如果到了镇上，是不是总会待在聚居地中。

“他们到处跑。”当亚汉问起桑蒂和比亚的落脚地，清说过这么一句。

老裁缝曾好意让那两人在裁缝店落脚，他们却摇摇头，带着裁缝给的美食匆匆离开。战争年代里，亚汉见过一个在树下打盹的孩子，手腕上绑着一麻袋食物。众人的脚步声惊醒了他，孩子的第一反应是伸手拢住麻袋，然后才坐起身，揉揉眼睛，望着来人打个哈欠。

那一溜灯光下了山，渐渐消失。老裁缝拉拉亚汉的衣袖。

“你瞧。”他说着伸手指向大海。

海面上又出现了一盏灯，仿若水波之上的一颗红星，正向北驶去。夜色太深，隔得太远，两人看不清船只的真容，很快它便消失了踪影，正好被他们面前的一栋楼挡住。

就在那时，清说了声——“哦。” 亚汉顿觉师父的胳膊拂过手臂。一缕晚风吹过，裁缝不见了。

刚开始，亚汉想不通裁缝去了哪儿，于是回头瞧瞧屋顶的门：门明明关得好好的。他一溜烟向屋顶边奔去。

可他停住了脚：从眼角的余光中，他瞥见一抹影子一闪而过，那半空中飘忽的光。亚汉向旁边的屋顶转过身，面朝斜坡：在那儿，他一眼望见了老裁缝的身影。隔着两栋楼，师父活像一只夜鸟，正沿着混凝土边缘和砖瓦轻松蹦跳，越过一块块屋顶——屋顶有平有斜，裁缝身边晃动的手电筒照亮他的脚踝。

亚汉压低声音叫师父，但老裁缝已走得太远；亚汉又放开嗓子喊了一声，但老裁缝没有听到——或者，他只是没有理睬。

亚汉穿过屋顶，一脚踩到隔壁屋顶边上。他甩开双臂，能跑多快跑多快，一路追随师父那只手电筒洒下的光。不过亚汉觉得，裁缝又加快了脚步，老人家使出了多年未见的劲头，每跑一步，屋顶瓦片便随之轻挪，传来一阵“吱嘎”声。

一口气跑过一栋楼——再往前就是教堂，老裁缝才停下脚步。看上去，老人家显得一点也不累。这栋楼屋顶平坦，亚汉跪下歇了口气，等待狂跳的脉搏平息下来。

从师徒所站之处，小镇向着山巅施施然铺开。两人面朝海岸：远远的一角悬崖上，灯塔正倚天而立，通身漆黑，毫不动摇。

“灯塔没亮呢。”清说。

他举起手电筒，一会儿拧亮一会儿关上。

不一会儿便有船现身，绕着小镇驶过。老裁缝摆摆胳膊，继续将手电筒开了又关，关了又开。这种时候，灯塔看守会把灯笼挂起来——亚汉现在就看得见灯笼，看得清清楚楚，他不知道师父是否也已看到。

亚汉说："清，没事的。"他拍拍师父的肩膀，但裁缝没有反应。那艘船已经安全驶过，走得很远了。

两人对面的那栋楼里，一扇窗从稍矮一点的楼层打开。烛光洒遍屋子，亚汉先瞥见一角长袍，接着是个女人，一头及腰白发被烛光映成金色。

屋子角落里有个鸟笼。她向鸟笼走去，俯身向前说了几句话，鸟儿歪了歪头。对面楼的女人用一条毯子罩上鸟笼，亚汉看着她在那儿站了片刻，手里拿着梳子，紧盯着罩鸟笼的布料，两眼一片茫然。一阵风起，烛光在屋内摇曳。

灯塔重又打起了精神，光束掠过粼粼水波，发电机"嗡嗡"作响。老裁缝垂下手臂，师徒二人就站在那儿，在别人家的屋顶上，远眺着汪洋大海：港口的喧嚣又传到他们耳边，窗户也一扇接一扇打开了。

日子一天天过去，老裁缝在自己房里待的时间越来越长。亚汉干完店里的活儿，端来清茶，坐到师父身旁。老人家倚在小床上读一本书，背靠着枕头，身上披着一条薄毯。他又清瘦了些，身上的衣裳显得有点松。但每次亚汉进屋，师父总醒着，还颇有些精神头，二人便聊聊当天的事务，要不然聊聊师父手中那本书。

裁缝的房间素净得很，有个床头柜，一个小壁橱，一个衣柜，地板上摆放着一双拖鞋，墙上的一颗钉子挂着主人的外套和领带。

亚汉不知道师父为何偏爱卧室，却不爱待在店里。但他仍然每晚走过厨房，给裁缝带去茶水和清谈。小徒弟没有合上门：这样的话，两人就能听见收音机播放的节目。

师父睡下后，亚汉才离开。他把书从师父指间抽走，搁到床头柜上；他望着师父的胸口起起伏伏，一只苍蝇在老人家的手腕上落了脚，亚汉挥手将它赶走。

日子一天天忙起来，店里的活计全靠亚汉一人打理。不久后他便一直忙到深夜，任由百叶窗开着。偶有路人的身影掠过，或者冒出一张孩子的脸紧贴着窗户，眼巴巴地往里张望。

左邻右舍，甚至整个小镇，也渐渐习惯了亚汉独自营业的日子。人们明白，干裁缝活的人现在换成小徒弟啦。

某日深夜，亚汉被一阵声响吵醒。起初他以为墙里闹老鼠：那是窸窣声，小爪子小身子的动静。窗口投进店铺招牌发出的一缕亮光。他又侧耳倾听，发现声响是从楼下传来的。亚汉站起身，悄无声息下了楼梯。

裁缝店的灯亮着，窗户倒是拉上了百叶帘。透过门帘的缝隙，他瞧见屋子中央立着裁缝用的假人——披着一件外套，是件小孩穿的灰色冬衣，毛呢质地，双排扣、大翻领、深色纽扣，恰似水手服。

假人身前站着老裁缝，裁缝和假人一般高矮。师父身穿汗衫，头发往后拢成一个髻，眼镜用一根绳挂在脖子上。收音机里乐声飘飘，裁缝歪歪头，嘴里叼着的别针便闪过一道光。

老人家一动不动立了片刻，在地板上投下长长的阴影。他取下叼着的别针，伸手想要扶住大衣的肩膀——但裁缝的手在抖。他定定神，走开几步，戴上眼镜，再次伸出双臂——这次手抖得更加厉害，但老裁缝没有理会，还是拉住了假人身上的大衣。

亚汉的眼神一路追随着那根别针：它从清的指间跌落，在空中织出一道银光，落到地面。

裁缝蹲下身轻抚假人：老人在不作声地哭泣，低头跪倒，双肩不停颤抖。

其后的岁月中，亚汉常会想起这一夜：为什么自己当时没去找师父呢？为什么只是躲在门帘后，从一条缝里凝望那一幕呢？为什么不久后便转了个身，回屋躺到床上，却又无法入眠？

但小徒弟离开之前，还发生了一件怪事：老裁缝抹抹脸，站起身，将头靠在那件小孩外套的肩上，闭上眼睛，开口说起了话——却静悄悄地不出声，仿佛他正在祈祷，或是在向某人倾吐心音。他的脸埋在白日梦中某人的脖子上，对着白日梦中的那人喃喃耳语。

短短的几句话，只说了片刻。

过了一周，有一晚裁缝在床上看书，读着读着就安然入梦了。亚汉从师父手中拿走书，在床下摆好拖鞋出了屋，手里捧着才端来的清茶。

清再也没有醒来。次日早晨，发现异样的亚汉在门口站了一会儿，等着——万一是他弄错了呢。他蹲下身，握住床边垂下的手：那只手上布满老茧，尚有些许暖意。小徒弟伸手拨开老人嘴上沾着的一撮头发；他能听见自己的呼吸。店里传来吊扇的“呼呼”声、收音机的静电声，接着茶壶发出了“呜呜”的鸣叫。

老裁缝葬在教堂背后的墓地中。墓穴是佩谢挖的，店铺顾客统统出席了葬礼。而在高岗上，那棵树下，亚汉望见桑蒂和比亚，正越过教堂的围墙向这一头俯瞰。

那天余下的时间，亚汉都窝在自己的卧室。他贴着窗口，一心等待桑蒂和比亚前来，但他们并未现身。他靠在墙上，小心提防着斜斜的天花板，想念那位曾素昧平生的老人：没有他，亚汉想不出怎样才能熬过刚刚过去的三年。他想起店里共度的日子、屋顶共度的傍晚，想起两人心意相通、默不作声的笑，想起裁缝的一副好心肠——小徒弟仍然能感觉到那份善意。

比亚早前送他的伞搁在屋角。亚汉把伞从墙边拿开，直到窗口透进的光洒在伞上。他举着伞，心里念叨：要记得补补撕破的伞面呢。

接下来的日子里，亚汉会少睡些时辰，天黑后在自己屋里少待一会儿，甚至在裁缝店里也少待一会儿。

他出门到镇上散步。有些晚上逛到码头，码头工人和起重机正往船上载货；他聆听广场上乐手的演奏；他凝望情侣们坐到户外桌边，头顶是鲜亮的遮阳篷；他端详一家家商店的橱窗；他闻见路边水沟中裂口的水果，发出稍纵即逝的气味。

他穿行于条条小巷——闭上眼穿越一片漆黑，只靠双手摸着砖墙。他发现了一个小木柄：是某件玩意儿的柄吧，也许是个放大镜，或者某个小孩玩具；又发现一盒铅笔、一个巴掌大小的火车车厢模型——他把这些宝贝一股脑放进了口袋。

一晚回到裁缝铺，他发现店门居然开着。亚汉迈脚进门，夜色随之席卷整间屋：店里碎了个架子，破了个花瓶，一卷卷布料东倒西歪地散开。裁缝的假人躺在地板上，胸膛上赫然有道裂口，露出一簇簇灰色衬里。

一阵响动让他转过了身：屋角暗处有个人影。那人一跃而起向亚汉扑来，拔腿朝门口狂奔。小裁缝被绊得摔倒在之后好长一阵子，亚汉既没有见到桑蒂，也没有见到比亚。他倒是接管了店铺，清早晚上干裁缝活，下午送货。他还住在二楼，压根没动过师父的卧室，一天到晚开着广播。店里生意好得不得了。

某日下午，他去了教堂一趟。教堂钟声正响彻小镇，而他刚补完佩谢的一件夹克——肩上的针脚裂了，布料早已褪色，闻上去还有花园的味道。亚汉小心叠好外套，用纸包好，系上一根麻线。

当天格外暖和，阳光明灿灿地遍洒栋栋楼宇。一位邻居正在清洗店前的人行道，流水“哗哗”漫过鹅卵石径。攀上山坡时，一辆摩托车从亚汉身边经过，上面驮着个没封口的鱼篓：篓里一条条鱼侧身躺在冰上，眼睛死死地紧盯天空。不时有人对他挥挥手，笑一笑，亚汉也一一回礼。

教堂院子的树荫下泊着辆老爷车，墙上则倚着辆脚踏车，正对一扇彩色玻璃窗。楼宇墙壁刷得雪白，厚重的木门则跟陶土一般颜色。

教堂的四周围了一圈石墙。有时教堂里人去楼空，比亚和桑蒂便坐在那儿等佩谢现身，跟那个最熟识的人待上片刻，三人一起吃一顿佩谢做的大餐。

亚汉穿过正门，经一条窄窄的石径绕过大楼，钻过低矮的树枝，向后花园走去。

那里有一间砖房依山而立，仰望高岗上的小镇。它曾是园丁的工棚，后被扩建成一所民居：单间、低檐，再加上四扇窗，每堵墙上各开一扇。其中一堵墙上倚着一辆手推车，还有不少空花盆叠成一摞。

石头小径直通门口。亚汉敲敲门，退开几步。树下一片静默。他回头眺望花园：蔬菜成排，藤蔓爬上教堂的后墙；更远处躺着块块墓碑、雕像，以及为逝者铸立的纪念碑。

他听见砖房传来一阵响动。门开了，佩谢站在门口，拄着手杖，身穿背带长裤，衬衫口袋里塞着一副老花眼镜，挽起了衣袖。守园人比亚汉高，身材清瘦，伸手握住亚汉的一只手，露出微笑。

“Alfaiate[①].”跟平素一样，佩谢跟亚汉打了声招呼，称他作“裁缝”；佩谢身上有股烟草、水果和故纸的味道。

这人一辈子长居此镇，他的母亲早在亚汉搬来前就已去世，她的裁缝也正是清。

亚汉将包裹递给他。守园人身后，日光照亮了那间一居室的边边角角：屋里有个孤零零的五斗橱、一把椅子、一张小床，一张小桌上摆着没吃完的饭菜，架子上搁着一架小望远镜。

佩谢开口请亚汉进屋，随后望望天色，又改了主意。

“嗯，没错，外面天色更好些呢。”佩谢说。

他干脆没有关门，把包裹往胳膊下一夹——倒是跟亚汉

① 葡语，意为“裁缝”。

一个样。佩谢这件外套是师父接手的活儿，亚汉不知道是否还需改一改。

他让佩谢穿上试试，但佩谢摆摆手不肯。

两人站在石径上，面朝花园。亚汉放眼远眺：远处地面上摆着两只旧轮胎，里面填满新鲜泥土。

“我在沙滩上发现的，要不然多浪费哪。”佩谢说。

亚汉点点头，想象佩谢扛着两只轮胎上山的一幕：守园人的胳膊会从轮胎孔里穿过去呢。

“你明白的，对吧？”佩谢说。

亚汉呆了呆，一时不知道守园人话中何意，也不知道该说些什么，但还没有来得及开口，佩谢又说：“清。”

他的眼中有种善意和关切。

“你乐意去拜访他的，对吧？”

亚汉没有吱声。他放眼张望着对面的墓碑，寻找裁缝的那一块：裁缝没多少家底，墓碑是教会付的账。

他注意到小屋的一面墙上有张相片。亚汉认出那是海岸附近的老种植园，种植园前站着一群男女老少，统统是些日裔，只有相片边缘的两个人除外：一个苗条的女人，一个拄拐杖的小男孩。

佩谢进屋取来相片给亚汉，用拇指拂去玻璃镜框上的灰尘。他告诉亚汉，庄园主死后，无人看管的种植园旧宅被改建成了一所医院，供山民和遭遇机械事故的工厂工人使用。

“对熬过小儿麻痹症活下来的患者来说，它也一直是块疗养宝地呢。”他说着拍拍手杖。

“后来，”他说，“在二战期间，它被并入了一个拘留营。”

守园人说着指指相中人。

“用来囚禁日裔。”他说，“你看到的那些窝棚就是当时建造的。”

“不过区区一处，同一所宅邸，同一片土地，历经了何等沧海桑田。这片热土曾有过多少芸芸众生，无论其生命如何短暂，曾有过多少善意，又有过多少歧视，真令人惊讶，对吧？”

今时今日，相中的种植园旧宅已然面目全非，但看上去更加不同的却似乎是相中人：他们的衣饰风格，及一些难以言传的细节——那是众人凝固在时光中的风华；也有可能，是因为旁人心知相中人再也挽不回昔日。入照的一刻，那一刻便已过去；相中人分分秒秒变老，挥别往昔的自己。

亚汉还从未照过相。他不知道自己在相片中会是什么样，不知道自己怎样才会出现在那小小的白色正方形中，在人们手中传来传去。

他曾亲眼看见一个美国小伙从手术中醒来，迫不及待地翻身起床。跟鹏一样，小伙的双眼裹着绷带，因此晕头转向，猛然撞飞了护士手里的托盘。瓶中飞溅的碘液染黑了病人的纱布，他大喊一声，伸出胳膊乱挥，嘴里叫道："不是又来一遍吧。上帝呀，行行好，千万别又来一遍！"——病人感觉到蒙眼的纱布突然变得湿漉漉的。小伙抖个不停，耷拉着下嘴唇：在那眼前漆黑的时刻，踩上地雷的噩梦再一次降临在了他的身上。

亚汉记得，当时守卫倚着帐篷柱哈哈大笑。他记得自己看不下去，于是转过身，凝望手头正在修补的一堆衣服；他记得那个转身，记得当时掉开目光是多么丢人；他记得小兵的哭泣混杂着守卫的大笑，医生喊了句"闭嘴"，守卫方才扫了兴，不再吱声了。于是只剩下那个病人，身子抖个不停，紧攥着自己的手，一张脸好似画花的涂鸦。

亚汉又仔细端详那照片。他一一扫过相中人的面孔，目光停在排尾一个男子身上：身材清瘦，颧骨分明，一双浓眉，一头短发。

“没错，那就是咱们的裁缝。”佩谢说。

“他参加过二战。”佩谢又开口，“不过这一点你知道，对吧？他是一名医生，战时在俄国做军医。远东地区，为日本而战。他来这里时我还小，镇上的人们把他们叫作‘脱日者’。我亲眼见到一堵堵高高的围墙修起来，士兵和百姓被送到这儿，一艘船又一艘船，一卡车又一卡车，乌泱泱许多人。”

“母亲和我曾去探望他们。我会跟着她走过滨海公路，到了门口，守卫拦住她检查包裹，我就在旁边等着。随后我们进门，窝棚和小屋便会一眨眼冒出许多人来。嗯，我母亲是个老师，教语言，为他们读书，还带去吃的。当时清还很年轻，我记得他是多么耐心，多么温柔——他向我俯身过来侧耳倾听，我要开口讲话时，他还把自己的眼镜扶正。他的两只手紧握在一起，边听边用大拇指画圈。

“开阔地上有张桌。晴天，阳光洒在桌上，我可以辨认出一块块深色污渍——那是血。我吓得够呛，死活不肯进营：一定是那些兵伤了男人，也伤了女人孩子。结果清伸手指指他们捉到的鱼，把鱼摆上桌，甚至烧了条鱼给我吃。他真捺得住性子，从不慌张，仿佛已历经千山万水，总能泰然处之。”

亚汉掉转眼神，目光越过花园落到教堂后壁的藤蔓上：一枝枝藤蔓彼此纠葛，攀上屋檐。

他问，当时清是否有家人？佩谢摇摇头。他也不知道呢，就算有，裁缝也从未谈起过。

“当时他还为我们变戏法，这倒是真的。他让我挑块石头，母亲挑出另外一块，我们眼睁睁地看着那些石头绕着圈盘旋，飞到清的头顶，越飞越高，绕的圈也越来越小。就在水边的狭长旷野上，清弓着腰。‘还在半空中呢。’清总这么说，逗得我哈哈大笑。

“我觉得，他想让母亲和我相信，他在那儿过得很开心，营里的人都很开心。多少男男女女一路来到这里开启新生，可惜新生要过好些年才能开启。

“那一阵，我觉得清对我母亲有几分动心，她对他也有几分钟意。我不知道真相如何，也永远没法知道了。说不清为什么，不过当时想想那种前景，我还蛮开心的。”

亚汉等佩谢讲下去，佩谢却住了口。街上传来马车经过的声响。

“好的，嗯。”佩谢说着掏出钱包。

亚汉不肯收，佩谢叹口气。

“你要把钱施舍给我？”他说，“为什么？”

不等亚汉回答，佩谢把钱塞进他的衬衣口袋，道了声谢，又开了口，“总有一天，你会来帮我料理这家伙。”说着挥手向那一小块地示意。

“好。”亚汉答道。于是守园人迈步走开，还拄着手杖，胳膊下夹着纸包。

清风吹得屋门开开合合。花园之中，佩谢开始弯腰拔草，上衣口袋里的眼镜差一点就要跌落，正好迎上已没入树丛的夕阳。

The tenth chapter

冬季已终

十

那是亚汉见到鹏的最后一眼。在那疯狂的几秒钟里，身边众人一窝蜂向高高的河堤疾奔，他却无法动弹，只是立在那儿，双腿牢牢地沉入流水，诸般喧嚣好似光影般从他身上拂过。

他们被送上卡车后厢，送进周边的密林；那是亚汉唯一一次踏出营地。一整天他都在砍树，守卫们聚在高处一条河堤上，木材会被用于修建其他窝棚，也用于取火。

他们有点放风时间，于是纷纷下了河。其中有些人洗了个澡，其他人要么坐在冷冰冰的水里，要么洗洗脸和脖子，喝上几口河水。

那是他们在营里待的第二年。亚汉将自个儿没入水中，屏住呼吸，感受着淌过的涓涓水波——感受着那股生机。

鹏躺在他旁边，身子浸在水中，遮眼绷带上的尘土渐渐松动。两人一直攀着一块巨石。此前他们一直在聊亚汉家乡那条河，聊起暖和日子里两人曾在河中游泳——小孩子都去游泳，一群群在缓缓的水流中劈波斩浪，从彼此身边游过，仿佛彼此是一艘艘船。两人谈起有一次，一名少女浮出水面一动不动，裸背朝天，大家一时间摸不着头脑，接着乱嚷起来。

鹏问亚汉知不知道那女孩是谁，亚汉死活想不起来。

“当时我在场吗？”亚汉说。

当时在水波之中，他们面对面待了一会儿，屏住呼吸，沐浴着阳光，身子随波逐流。亚汉脸上露出微笑，然后闭上了眼。

他再也无法弄清鹏是何时放开了手，只不过亚汉睁眼再望身旁，鹏已不见了踪影。

事情发生得太快。河堤上有个看守大声惊呼，但鹏一动不动，乘着水波飘然而去，越漂越快。两名看守拔腿开跑，一路沿着河堤追去，鹏的身影愈来愈小。

亚汉总疑心：鹏是否听见了看守的喊声？或许当时鹏只不过是白日一梦，或许他已然沉沉入睡。又或许他心知发生了什么事，只不过再不介怀。

当时鹏二十六岁。第一次见到鹏，他还是个男孩，当着一大堆观众的面，从他父亲的肩上腾空而起。也曾有过这么一刻：累得够呛的鹏一屁股坐到密林中一个树桩上，来复枪搁在两腿之间，一块橘皮在嘴里拱出个月牙形，脸上挂着一抹笑。

两人被送到营地的那天，鹏伸手在空中摸索，找到了亚汉的手腕。他问他们在哪里，发生了什么事？——谁让两人突然被一大群人和一门外语包围了呢。早上还有架直升机发出震耳欲聋的响声。亚汉感觉那张裹着绷带的脸靠在自己肩上，他一边握住鹏的手，一边向外望：外面是一片旷野，有军营与小屋，还有一间旧厂、一顶顶帐篷、一块墓地、一个菜园。

那天下午，林间响了四声来复枪声，一声声回荡在河面。远处有水花溅到半空。

那是亚汉见到鹏的最后一眼。在那疯狂的几秒钟里，身边众人一窝蜂向高高的河堤疾奔，他却无法动弹，只是立在那儿，双腿牢牢地沉入流水，诸般喧嚣好似光影般从他身上拂过。

他根本没去救人。他屏住呼吸，紧紧攥住双拳，仿佛正在祈祷，目光一路追随激流中朋友那苍白的皮肤。

一周后，他在洗制服时撕破了一件衣衫。他吓了一跳，低头望着手中的破衣服，忍不住流出了眼泪。

战争结束后，亚汉又在战俘营待了将近一年。大多数囚犯已经离开，野战医院倒还开着，医生和护士继续照顾留下的美国人和幸存的战俘。不过他们跟亚汉已经很熟络，他帮医护人员端毛巾和敷料，要么就取来一桶水，拿个长柄勺。

看守几乎不管他，他在营地里行动自如，想去哪儿去哪儿，晚上则自个儿独享一座小屋。可惜他并不习惯那种沉默，那种空旷。他还在常睡的地方睡，窝在角落里，如果他想要的话，还可以多拿到几条毯子。

有些晚上他待在屋外，凝望旷野，望着远处农家隔窗燃起一盏孤灯。其余夜晚他走到工厂，跟众人打牌。

一天，在一顶野地帐篷中，他从桌下取出一台缝纫机，补起了破衫旧衣。不是什么非干不可的活儿，只不过好歹有事做嘛。他揉揉鼻子，感觉到鼻梁上的隆起。他凝神缝补，裁缝活干得行云流水。他独自一人待在帐篷中，整整补了一天，找到什么补什么，还一一洗个干净。从那以后，仍驻扎在营地里的人们便开始找他干活，将他们穿的衬衫交给亚汉。

那时冬季已终，雪几乎消融得干干净净，土地一片灰。

待在战俘营的最后一天，亚汉走到营地边上，从栅栏缝里伸出手指。他可以听见山中响起小贩的铃铛，在仍有积雪之处。他听见一串脚步声，扭头望见医务员拉蒙特走了过来。

“雪人。”拉蒙特说着来到亚汉身后，脸上满是好奇。

林间曾经飞起过一只风筝。从护士手中接过巧克力的男孩，那个不知道叫什么的小子，会把手指伸进围栏里，大声对战俘们高呼：“嘿，先生！”随后他跑过绿野，将手中高举的线团呼啦啦放开，风筝便越过他的头顶，扶摇直上。

那只风筝几乎每次都会被树林边缘的枝丫钩住，男孩却捺得住性子上树取风筝。众人纷纷观望，连看守也不例外，凝视着少年的身影被高高的树冠吞没。一时间，众人似乎全屏住了呼吸，揣摩那孩子哪儿去了，可随后绿叶间便会冒出一只手来。

亚汉不知道这个男孩住在哪里。他只待了一季，然后往更远的南方去了吧，亚汉想。

男孩个头很矮，一只手已经废了，手腕伸不直，晃悠悠地垂在身旁，一直握成拳头状，有几分像个心形。也许是在某个矿里遭了灾，亚汉不清楚。但那孩子爬树还是又快又巧，全靠两条大腿和没伤的胳膊。

风筝终究还是破了，在又一次坠入林间时。撕裂的声响连战俘营中也能听到，人们停住手中的活，转过了身。他们纷纷大笑，又是欢呼，又是鼓掌。

男孩向树根走去，手搭凉棚，抬起头。一根树枝刺穿了风筝的翅膀。

亚汉原以为男孩会再次爬上树，于是等着，但男孩没有上树。

随后几个月，风筝一直待在树上，送走下雨的几周，迎来叶落的季节。风筝的纸张渐渐变黑，变了模样。雪花堆积其上，风筝再次流光溢彩，夜夜好似林间闪耀的一轮明月。

亚汉曾不时望望那只风筝，仿佛等待某条海岸线。后来冬寒渐深，他便也不再张望了。

眼下他四处寻找那只风筝，却死活没有找到。此刻距离他醒来发现自己双手被绑、身子跟着卡车颤动的那一日，已经超过两年了。来自弗吉尼亚的拉蒙特正直勾勾地盯着他，咧嘴而笑，竖起了拇指。

他们站在栅栏旁。拉蒙特向他转过身，仿佛要说上几句，随后顺着亚汉的目光抬起了眼。

The eleventh chapter

都是孤独的人

他不知生命怎会消逝：怎么可能？生命怎会在刹那湮灭，你竟来不及最后一次打开那心扉，来不及最后一次触碰那只手；怎会有那么一天，世上再无人想要探究他的前生后世。

师父过世后不久，亚汉发现了裁缝一直在做的那件小孩外套。它放在老人屋角的一个衣橱中，跟其他许多衣裳摆在一起。那些衣裳大小各异，从未有人穿过。

他把外套带到裁缝铺，迎着灯光举高：外套还没完工，缺了衬里和纽扣，两个袖口得缝一缝边，但他深为它那精致的构造和式样叹服。

他不知道衣裳的主人是谁，便把它披在裁缝的假人上，人们从窗口即可望见。

整整一周，他找每一位进店的顾客打听，向收包裹的客人打听，还问客人们是否可以跟别人打听。

“你定做了衣服吗？”他说。

客人们纷纷摇头，看上去那是件没主的外套，要不然，至少它的主人不在这个镇上。

某日下午，他迈步走到窗边。一群孩子正聚在冰激凌店门口，教堂的钟声叮咚响起。离关店还有两个小时，但他把门上的营业招牌翻了个个儿，又拿起那件小孩外套铺到缝纫桌上，解开领结，卷起袖口，将缝纫机搁到一旁。

他的活儿做得既细又慢。有一阵子没做手工了呢，他挺开心又十指翻飞弄起了针线，于是一心沉浸到裁缝活中。昼去夜来，偶尔有个影子现身：一位女士把手贴上窗户，一位男士敲敲店门大声叫他，可他统统置之不理，反而调大了收音机的音量。

等到大功告成，他把外套挂到架子上，坐下端详了一会儿，活生生端详出了双臂和双肩的模样，仿佛外套里凭空多了个孩子。

他浑然不知已经什么钟点。外面天已黑了，街上空空荡荡。

他起身在店里踱步，一点也不觉得累。他倒上清茶，理好布料，摆弄卷尺，又上楼去了自己卧房——如果躺下的话，睡意自会乖乖上门吧。可他终究还是待在了窗边，在无边夜色中远眺窗外山城。

不一会儿，下起雨来，纷纷扬扬洒遍街道与大海。他推开窗户，雨点打在屋顶瓦片上，一时掩住了小镇的各种动静。他把手伸到空中，体会冰冷的雨滴一下下拍上皮肤。

突然之间，他意识到：屋里再没有别人了。等他醒来时，楼下将空无一人。

他守在窗边一夜未眠，在自己那间有着斜斜天花板的卧房。一块商店招牌闪闪烁烁，流光映上房间的四壁。夜晚就此逝去。

快要天亮时，小徒弟下楼回到裁缝铺，取出师父的一只皮包，将孩子外套搁进去，又披上雨衣。他在屋角找到师父的脚踏车，打开店门将车推到屋外。

雨已停了，空气清凉，他能闻见湿漉漉的卵石和尘土味，盏盏路灯还未熄灭。

他推着脚踏车在街上走了会儿，街上空无一人。他迈腿上车，踩起踏板来——还很不好意思呢。亚汉绕大街兜了几圈，一次次经过裁缝铺，蹬得越来越快，等到了街道尽头，他拐了个弯。

他沿街驶下山坡，一溜烟经过门户紧闭的商店与咖啡馆，抵达港口后又拐个弯，在滨海大道上加快了速度。

漫天繁星乍现头顶，又有汪洋大海与碧波上的点点灯火。他的左侧正是山脚，山坡上一扇扇窗恰似一幅迷蒙图案，仿佛那里荡漾着另一片海，另一片粼粼波光，从高高的斜坡悬垂而下。

滨海大道则空荡荡、明晃晃。亚汉闭上了眼睛，后仰身子，伸直双腿，倾听脚踏车轮的“吱嘎”声。等到单车慢下来，他又转而踩起脚踏板。

他如此来来回回，向闪耀的灯塔驶去，向聚居地与北方城市驶去，又回头驶向码头。他仰起下颌，在月下舒展四肢，面带微笑。

耳边有惊涛拍岸，而他希望涛声永不终结。对他来说，夜色似乎永驻此间，小镇将永被万家灯火照亮，静悄悄毫无声息。黑夜将万古长存。

他感觉飘飘如在云端，呼吸着凉爽的空气。他几乎可以尝到它的滋味，那般悠久醇厚，仿佛历经长路才来到身边，仿佛他能尝出那风中蕴含的岁月，品出风刮过的一年又一年，风吹过的一处又一处，风拂过的一人又一人。他思考那风如何成了他的一口气，他又如何把它藏在胸间。

他体味到往昔之漫漫，于是再次闭上眼睛，遥想过往岁月。

他慢下车速，向聚居地驶去。透过海边树林，他可以隐约认出旷野里的一间间窝棚，认出种植园旧宅的破屋顶。小海湾里泊有划艇和独木舟，一艘艘随波浮沉。篝火的轻烟在林间摇摇袅袅，渔民钻出小屋，工厂工人向马路走去。

他又待了一会儿，整理好肩上的袋子，又回了城。

天已破晓，小镇跟将熄的篝火一般颜色。雾气涌上山坡，紧跟在亚汉身后。他已改作步行，将脚踏车推上仍然静谧的街道；途中经过裁缝铺，又继续往前走——他连气也没有喘呢。教堂亮起了一盏灯，映照着一扇彩色玻璃窗。他进了草地走向那棵树，推着单车穿过湿润的绿野。

在山峦之上，他歇了歇。窗口开始出现人们的身影，正探头探脑查看天气。他能听见手推车前往集市的声音，身后的狭长地带上，骡子和牛儿正在吃草。一条孤零零的大道从中穿过，消失在群山之间；雾气也已漫到山间了。

他从未踏足过那些山，也从未攀上山巅，因此不清楚这条大道有多长，是否贯通乡间从不间断。在遥远的山坡上，他注意到有个身着白衣、提着篮子的人影，正在采蘑菇。

他仍感觉毫无睡意，又屏住呼吸，过了片刻才呼出一口气。一时之间，天下事似乎已尽收眼底。

转身面朝小镇时，他发现一个人影正绕过海角。亚汉站在树下，目光随那人一步步靠近。雨滴从枝叶间落在他的雨衣上，然后又滴落在周围的泥土上。有几处雾气浓稠，那人影在雾中忽隐忽现，在熹微的晨光中愈加分明，向他走了过来。

他望见那是比亚。她戴着一顶宽檐帽，挎着背包，穿过草地上了坡，靴子沾了泥，裤腿被绿草濡湿。

他有一阵子没见到她了。现在她站在他身旁，两人双双待在树下。她的秀发掖进了帽子，闻上去有种雨滴的味道。

他瞧瞧她身后：还有别人跟她同来吗？——一艘大船正驶离港口。

“他走了，”比亚说，“他离开了。”

亚汉问去了哪里。她耸耸肩，她不知道。她理理背包带子，笑了。

“他会回来的。”她说。

亚汉问她是否也要走，要去哪里。

“北边。”她说。

她低头端详自己的靴子，两个脚跟互相踢来踢去，蹭掉了靴子上的泥。

“那里的冬天跟这里不一样。”她说。

他望着她，一声不吭，打开包取出随身带来的美食递给她，是用报纸裹好的。

他拿起那件小孩外套，展开举高给她看，又握住比亚的胳膊套进衣袖，一只接一只；穿上后理平衣领，检查纽扣。外套配她的肩膀倒是刚好，可惜有点短了，下摆不及肚脐，袖口不及手腕。亚汉还是一一扣上纽扣，比亚脸一红，避开他的眼神。

他不知该说些什么。她正在细看外套的纽扣，面带微笑：纽扣上还有船锚花色。亚汉开了口。

“你会离开很久吗？”他问她。

她没有答话，却向脚踏车走去，从树旁取了车，握住车把等他同意。他点点头。

“亚汉，再见。”她说。

她转了个身，走进那片通往群山的旷野。

他还待在树下，望着她沿乡间小路离开。一只骡子向她走来，她顿了顿，抬抬手，又推着车继续往前，绕开路上的一摊摊积水。

亚汉想起桑蒂在裁缝的假人前举起双拳，面沉如水，双臂似矛，想起桑蒂忘掉的亲生父母，想起岸边的那个男孩，他曾经追随船只，也曾一声不吭地施暴。

他想象老裁缝的青春时光，想象年轻的清如何抵达此地：乘船悠悠越过迢迢大洋，正如昔日的自己。他想知道：清当时是否身穿军服，是否有过一个家，家人又在哪里。他想知道：师父究竟逃离了什么——如果他那算是逃离的话。师父抛到身后的又是什么，而重获新生，再次寻觅并有所收获，又是否可能？在万里之外，是否有人记得他？

他想着师父的前半生，一辈子的两重天，仿佛往昔是一件行李，能随身携带，正如一只小匣、一块手帕、一方石头。他不知生命怎会消逝：怎么可能？生命怎会在刹那湮灭，你竟来不及最后一次打开那心扉，来不及最后一次触碰那只手；怎会有那么一天，世上再无人想要探究他的前生后世。

她已走远了，一步步向群山走去。他可以遥遥望见她的肩膀，小孩外套和车轮辐条映出几抹日光。他抱住双臂，水珠不停地从树上滴下来。

此时此刻，他成了孤身一人。离他第一次在船舰甲板上见到她，已经过去四年了。那等着水手好意领桑蒂见识海岸的女孩，那晨雨中送伞的女孩，有着婉转清音、空中高高翩飞的围巾。她迈开步子奔跑时，有个男孩跟在身后当她的小跟班。

此刻她渐行渐远，一步不停。

The twelfth chapter

无言之爱

十二

站在父亲的工棚中，他对父子亲情心下了然：他们这份父子情中，甚至有几分温柔：天知道，父亲对他一直那么好；天知道，默默无言中也曾孕育着某种父子情。

他清早便醒——比熹微的晨光还早，登上家附近的山峦。从那儿，他可以瞧见远处的农庄：烟囱才修了一半，还是堆没成型的木材石料，有六扇水盈盈的窗。

有些日子，如果他捺得住性子等待，某扇窗后会亮起一缕烛光，随后响起一阵钟声。

林间涌出一群男女：是些年轻人，也有些孩子，有几个孩子自己走，其他孩子则被父母背在背上，扛在肩头。

那是个四处巡演的草台戏班，排成一长列越过旷野，一个个身穿老旧的灰大衣，有的戴帽子，其余人脖上裹着围巾。

时值夏末时分。亚汉背朝天躺着，藏在茂密的草丛里张望：庄园门口出现了一个男人。

是他父亲——身材高大，头发用一根绳系在脑后。父亲是个农场工人，正为一位业主翻修这座农庄，众人从未见过东家，人家是一位在长崎从事造船业的日本人呢。

父亲把水桶和抹布分给戏班，成员们纷纷将抹布搭在肩上，呼啦啦围住农场。寥寥晨星下，背靠仍然夜色浓浓的群山，亚汉远眺草台班子清洗着墙壁和窗户：他们有几个蹲在草丛里，有几个攀上梯子，还有人踩着别人去攀各个角落。

他的眼神紧随戏班在农场四周团团转：在亚汉看来，这庄园倒活像一艘失事的船只。其中几名戏班成员正跟亚汉的父亲一起对付烟囱，腰间绑上绳子，绕着屋顶低悬空中，一时间处处回荡着铁锤的“咚咚”声。他望着众人四散不见了踪影，又再聚到一起，片片抹布在晨光中翻飞。

那差不多是十五年前的事了，正值二战初期。亚汉十二岁；而高悬空中的孩子中，有一个便是鹏，是那“少年白”的男孩，尽管他们两人还要长大些才会再次邂逅。

稍后戏班会收到些吃食作为谢礼，再返回林间。他们在林中安营扎寨，住上一个星期，接着搬去另一个城镇，等到换季再回来。

他们遍游乡间，在各城各镇演戏、演杂技、演魔术。有些晚上，父亲到茶馆喝酒，亚汉就可伺机待在茶馆外的人行道上，透过人群的缝隙打量集市广场上的演出。

他望着牵线木偶的手脚升升落落、刀锋上寒光闪闪、五色彩带缭乱舞台，又有个变戏法的敞开外套，于是怀中一口气扑出十几只鸟儿，“扑棱棱”翻飞，却被细绳绑在杂耍师腰间。

他倾听一出出悲欢离合、戏梦人生。

他跟乡民们一起鼓掌。

没多久父亲找到他，父子二人启程回家，戏班的万般热闹也渐行渐远：亚汉跟父亲一起沿大道离开小镇，眼前从缭乱的灯笼烛火变成一片夜色。他能走多慢就多慢，边走边听；他活生生憋着一股兴头，好不容易等到父亲睡着，便会奔出家门，再次登上山坡，眼巴巴盼着戏班从小镇归来。

有些晚上，父亲竟答应让戏班在田野里练手。亚汉从小山上端详杂耍师蹦来蹦去的身影，被篝火映得熠熠生辉。

还有些晚上，孩子们踢足球，月色下身姿敏捷，声音几不可闻。夏日时分，萤火虫会团团围住踢球的小孩，成百上千一闪一闪，照亮竞逐着一个球的孩子们。有时父亲也跟亚汉一起登上山坡，在进球时鼓掌。

父亲对戏班如此优待，倒让亚汉有点吃惊；跟戏班在一起，父亲身上居然冒出了几分捣蛋劲——终其一生，亚汉罕少见识老爷子的这一面。亚汉出生时，父亲已经四十好几，惯于独来独往，对养育孩子一窍不通。妻子死于生产，他独自一个人把亚汉养大。

父子二人住在一间单人房里，就在田地边上，最接近小镇的地方。有头骡子，一座花园。

离开故土前，他对自己的故乡一无所知。许久以后，在地球的另一端，当他于山城一家商店的地图前驻足停留，才明白童年故乡是多么临近日本海，多么临近俄国边界。

他还从未见过海。曾几何时，他一度无法想象海岸线之外，不知世上竟有岛屿大小的船只。

人们以为，总有一天他会接过父亲的衣钵。等到年岁渐长，亚汉便帮忙打理田地，但父子二人大抵还是各管各的。

就在同一座农场里，他们井水不犯河水：父亲在谷仓，亚汉在山上；父亲检修谷仓，亚汉料理花园。每晚两人共进一顿晚餐，随后父亲便出门，到自己的工棚待上几小时。

那是一间陋室，坐落在两人屋后，带有烧陶器的窑——谁让父亲自小爱鼓捣陶艺呢。父亲制陶的那些晚上，亚汉能听见脚动陶轮的动静，而他正在打扫屋子或流连于小道，一心揣摩戏班是不是已经归来。

有时父亲会在工棚里忙上一整夜，窑炉的烟攀上树冠，飞得比屋子烟囱冒出的炊烟还要高。

亚汉会发现父亲倒在地板上安睡，曙光一寸寸攀上他那沾着陶土的身体。儿子弄来一桶水和一些吃食，如果时间尚早，便脱下父亲的靴子，给他盖上毛毯，守在那里等父亲醒来。

某些下午，他还帮父亲送杯碗盏碟到镇上集市去卖。两人一屁股在毯子上坐上几个小时，不时跟顾客讨价还价：要么是为了些生活用品，要么是为了些父子二人不常品味的食物。

集市上有手艺人、小商贩、鱼贩和屠夫，以及军事基地来的日本兵，小镇医生则背着他总随身携带的袋子，被压垮了肩膀——这些人各有各的生活，对亚汉来说，却似乎都无从得知、无法靠近，仿佛他们各自被片片汪洋包围。

大多数时候，父子二人带回家的陶器跟出门时差不了多少；但也曾经有一天，父亲的手艺活卖了个精光。就那么破天荒一次：父亲帮买走最后两只花瓶的老妇人打下手，兴冲冲地离开大街，脚步轻飘飘如在云端。他记得父亲遥遥向他挥手，手中的箱子忽上忽下，一只只都用绳子捆好，仿佛丁点小的房屋。

父亲去世时，亚汉十六岁。一个春日午后，庄园修葺整齐后没多久，父亲从山上回家，却没能踏进家门。他倒在茵茵草丛中，时年六十。

随后几个月，亚汉开始独自料理农场，为只见过一面的东家干活：喂喂家禽家畜，打理翻修过的农庄、种种地、进城买买生活用品。

有几夜他便待在镇上，跟乌泱泱的人群一起观看戏班在广场演出，再陪着戏班回到山间——路上，他挨着鹏走。当时亚汉已认得十九岁的鹏，一心想打听戏班刚演的一幕戏，却又不好意思开口。鹏的父亲倒是用厚实的手拍拍他的后颈，轻声谈起农场，谈起大伙如何想念亚汉的父亲，于是众人纷纷沉默下来，听着缓慢的步履轻叩乡间小路，戏服映照出万千星光。

那一年消息传来：日本投降了。随后又有消息说：国家被分成了两块，被一条边界拦腰斩截。戏班再也没有回来，亚汉想知道：难道他们在南部巡演，结果跟许多人一样回不来了？至于亚汉所在的北方，则来了俄国人。

俄国人带走了鸡鸭猪牛。亚汉眼见早已修缮完毕的庄园被拆毁，一点点变小，散落在田野之间。这块地当初并不贵，他原以为造船的东家打算在此安度暮年：一个终年与水为邻的人，在港口和码头度过无数年月，或许向往着截然不同的居所吧。他遥想昔日的屋廊亭榭，湮没前曾是何等堂皇，何等空阔——活脱儿 座玉宇琼楼呢。

庄园的废墟上，一座工厂拔地而起。他跟其他工人一起被雇去建厂，他家不远处的田野里搭起了一座工棚。亚汉渐渐跟建筑工们打成了一片，他们统统来自附近的城镇。在未来的岁月里，建筑工们还将继续跟随军方周游四处，干着各种建筑活。

某晚回到家中，他去了父亲的工棚，盯着架上未卖出的杯碗盏碟，端详造型设计、花色铺陈——谁知道呢，这些杯盏将流落何方。他伸手去取，却又有点迟疑。他想到留在这儿的杯盏，一件件无人问津，空度年年岁岁；他想到被人买走的盆碗，散落在全国各地；他想象釉彩之下，某处或许还留有父亲的手印，还留有昔日窑炉与家园的余温。他想知道：倘若他日与这些杯盏重逢，他是否认得出。

他想起曾有那么一天，父子二人在附近河岸上发现一条被遗弃的船。当时他还是个孩子，父亲抱起他钻进船去，让亚汉吓了一跳。父亲划船驶向小镇，途中把桨递给儿子，亚汉便有样学样。他一点也不觉得累，小船驶过森林，途经一位撒网的渔夫，渔网在悠悠长河上扬起。他凝望滟滟水波：碧水中的蓝天，颠倒的世界，明媚的绿树从他的身影下掠过。而父亲躺在那儿，头搁在儿子的脚上，怡然叹口气，好似心满意足的生灵。

他们把船留在小镇上，步行回了家，一路为这个共同的秘密笑了又笑。那是谁的船呢？两人一直不知道；它是否还在小镇附近，还是被其他人驶去了远方，亚汉也不知道。

站在父亲的工棚中，他对父子亲情心下了然：他们这份父子情中，甚至有几分温柔：天知道，父亲对他一直那么好；天知道，默默无言中也孕育着某种父子情。

但他从不了解父亲，从未与他多么接近，正如他所目睹的其他父子。

如果母亲活着，事情也许有所不同；也许父亲曾是另一副模样，妻子的死让他性情大变。

又或许，父亲一直就是个性情冷淡的人呢，亚汉常如此揣测。

但随着年岁的渐长，他忆旧的心思也淡了，渐渐过惯了当下的日子：他每天登上山坡，一如旧日，帮着修建工厂。岁月流逝，父亲成了一扇尘封的心门，正如母亲，那是他生命中永难织补的空白。

The thirteenth chapter

回不去了

而他心下明了：终有一天，自己将再也无法一滴不漏地挽住往昔。逝去的岁月将渐次剥离，松开，溜走，终有一天仅剩只角片瓦可供捡拾——一缕气息，一个手势，抑或一句话语。

那年夏天他十九岁，一晚，在茶馆困得打起了盹。醒来却发现自己躺在一间屋的地板上，房间里有孤零零的一扇窗，斑驳褪色的四面墙，他的手边搁着一碗冷汤。

他又沉睡过去，直至暮色降临才睁开眼睛，发现身旁跪着一个女郎。她将一勺汤送到他唇边，他尝到肉汤的滋味。女郎闻起来好似汗水，好似茶，好似糕点店之类甜滋滋的美味。

她的名字叫作苏亚，茶馆的女掌柜，芳龄二十一岁。

她认出了他。

“是农庄雇工家的儿子呀。”她说。

此后他开始去拜访她。过了一阵子，有些夜里便留宿下来。完工后，他去镇上等她，时而透过窗户偷瞄穿军装的俄国人，他们在屋角的桌上打牌。

她的家人都是些矿工，其中一个兄弟还在山区挖矿，大多时候并不在家。

无须打理茶馆时，两人便一起待在她租来的屋子里。她给他一件新衬衣。下午时分，亚汉将两只手裹上毛巾，拎着开水倒进一只瓷盆，好让她洗洗秀发，随后再让她帮他洗一洗。

他爱躺在她的怀中，抬头看她垂下玉颈：她的万千青丝拂上他的脸，她伸手捂住他的耳朵。

他百般沉溺于这一全新的、销魂的安乐窝：被人爱抚，爱抚他人。

他们睡在地板上，紧贴彼此；她会蜷进他的怀中。某次他们无法入眠，她用毯子遮上窗户，两人在暗室中互相追逐，一个躲一个寻，赤足从上了年头的木地板上轻轻掠过。

至于另一夜，他醒来发现头顶的一根绳上挂着她的丝裙，乍看似有几分人形，仿佛她已翩然飞天。女郎正在他的身边安睡，而他伸手去触碰衣衫，摸到一手上年头的丝绸，那般轻薄，摸到那丝裙历经的漫漫岁月——这漫漫岁月中，与它做伴的是身边女郎，还是另有其人？

那些夜晚，躺在那里，她会跟他讲话：讲她的少女时光，她的父母，她的兄弟。她在月光下扭着脚趾，他不明原委，却老老实实地学她的模样。

“他们的年纪要大一些。”她告诉他，“两个兄长，曾经把我扛在肩上。他们盗马，我跟他们一起骑；他们偷看女孩在河里沐浴，挑衅对方谁敢攀下河岸，去摸一摸女孩的衣衫。我们一个个轮流帮父亲理发，也互相理发。父亲打头阵去了矿上，随后是我的兄长。我会前往山区，等他们。晚上我们步行回家，领着年纪最大的哥哥，他在黑暗里看不见——夜盲症嘛。井下出事的时候，他还不满三十。我对他思念尤甚：我坐在他的肩上，紧握他的手腕。他的靴子声声轻叩，头发闻起来有煤灰味。他曾经满口答应妹妹，她会‘摸到天上星’，虽然那星空他根本无法看见。”

一天早晨，活下来的兄长回了家。亚汉被拖到屋外，推到墙上，挨了一击又一击。

亚汉还了手，握起双拳蓄足全身力气挥出去，打中女孩哥哥的脸和胸；他狠狠回击。

可惜，他那一身力气哪儿比得上女孩的兄长呢。亚汉被拖过大街，远远离开小镇，他觉得自己听到路上有人鼓掌。一条狗紧随在他们两人身后，他的血尝起来沾染了几分她留下的余香。

他被扔在镇外，朝着一片树荫慢慢地爬。还能睁开一只眼睛，于是他低头打量自己的手，打量新衬衫的衣袖。一只鞋已经不见了。他等着，会有人来吗？苏亚是否会来找他？他的头发沾了灰，下颌被女孩哥哥吐上了一口痰。

他向四周张望。暮色四合，一群工人正前往山峦，尾随而来的那条狗在绿野中闲踱。小镇上一名男子正攀爬着阶梯，想要点亮路灯。

亚汉靠到树上，身下的泥土渐渐冷却。他凝视着平平整整的乡间与山坡——山川并无多少起伏。工人们已经沿路走远了，身影愈来愈小。

来了辆军用卡车，把电台里播放的一支歌放得震天响。卡车经过工人们身旁，众人顿了顿，便手舞足蹈跳起舞来。

一行人站在马路中间，趁着夕阳的余光边舞边走。卡车没了踪影，歌曲渐渐远去，他们却还扭着屁股，踢着尘土。而他全身发麻，只扬得起半张脸，不知道自己的一只脚正轻叩着地面。

他再也没有见过她。当年金秋，他跟随工厂工人一起撤离，从此分到了薪水、食品和住房。他从小镇来到都市，在橡胶厂、军工厂干活。1949年，他年方二十，跟其他工人一起被征召入伍。一年后战争打响，又跟随大批兵士越过边界进入南方。他们个个脚踏新靴，扛着武器，阵容好似森森丛林，谁知就在一步之遥，脚下山河便换了一重天。

在那个残破不堪的国家里，他迈步走过一座用塑料、瓦砾和破屋顶搭起来的房屋，用来复枪支起一扇摇摇欲坠的门，结果发现一个男孩正在席地而睡，身下垫着草席，身旁摆满杯碗镜盏、衣衫与梳子，几十件家什映照着少年和天空。

他吓了一大跳，不禁停下脚步，仿佛刚刚发现的是一座玉宇天宫。孩子还在深深安睡呢。他转身瞧瞧其他人是否留意，又悄悄放下了门，能多轻就多轻。

起初几个月，他时常想起戏班：他们究竟去了哪儿？他在林间发现了一对高悬的木偶，从木偶身下经过时，他们的几条腿晃晃悠悠。他经过一家饱经炮火的剧院，院内趴着一条狗，身旁是个盛满雨水的锡杯，还有狗儿用戏服扒拉出的一个窝。涉水渡河时，他在水中捉住两个女郎，她们双双抬头看他，瞪大了眼睛，樱唇却只有丁点小，仿佛两人一心希望自己从世上隐匿。到了岸边，他将家当一股脑给了她们：一条备用鞋带，还有食品与小刀。

那年他不断向南推进，时而徒步，时而搭乘卡车。士兵的头盔投下怪异的阴影。他们搜查废弃的民居以便寻找空宅，品味片刻的无拘无束：好歹是在一间屋里歇息嘛。那时他们便放眼凝望窗外，仿佛头顶正是自家屋檐。他们在面目全非的房屋里穿行，找齐掉队的家伙。亚汉的种种感官习惯了骤然划破天际的枪林弹雨，习惯了漫天炮灰无处不在，习惯了各家各户门窗大开，每一块地板都饱经风霜。

他眼见一条河着了火，登时回不过神：居然还有这等奇事呢。他发现土里支出了一只脚，脚趾张牙舞爪，又没精打采地歪到一边——他说不清是不是自己眼花，也许是走神捣的鬼，也许全怪光影。当时士兵们行动迅捷，那脚趾一晃就不见了踪影，而他满脑子全是一个无谓的念头：那只脚光溜溜的没有穿鞋，是有人扒掉了脚上的鞋吗？

一晚在货运火车上，他的身旁围坐着其他士兵。夜气夹杂着咳嗽声，他们凑在一起彼此取暖，黑暗中亮起香烟的光与呼出的哈气。身后的一截车厢载有伤兵，在轰隆隆的引擎声中，他们不时可以听见一阵低沉的惨叫传来，那是医务员在行军途中动起了手术。

时值冬季。车厢缺了门，他凝望山谷上空掠过一架飞机影影绰绰的黑影，满天繁星遍数不尽。他倾听风声，倾听沉入梦乡的人。他闻见焦味萦绕不去，还有他已渐渐熟悉的已然凝结的血味。他觉得整个身子沉重起来，在火车“咔嚓嚓”的节奏中昏昏欲睡。

他醒了又睡，睡了又醒。雪花纷纷而下。

月色照亮远处，出现了几个人影。是一家子，也许是男人、女人，再加上他们的儿女。一家子统统站在雪地上，雪下是小镇的废墟。

男人一个猛子扎进了一个破屋顶，活像正在游泳；妻子将裙脚挽到大腿，在堆积成山的瓦砾与白雪中艰难跋涉；两个男孩则从一个弹坑中探出头来，抬手抓住坑边。

他们居然有所收获。至于捡了些什么宝贝，亚汉看不清，毕竟太远了嘛。那家人一声不吭地干活，见到什么捡什么，手臂伸进残垣断壁，裹上冰晶的双掌闪闪发光，仿佛手中只有冰雪。

仿佛几年来破天荒头一遭，亚汉突然想起了父亲：他的帽子闻起来有股树皮味道。某个冬季第一场雪中，他曾见到父亲趁着傍晚在旷野中手舞足蹈——他一心以为周围没有别人。他独自偷欢，向空中抬起脚——“踢踏”，帽子好似星星般在他头上一闪一闪。

他揣摩父亲心中曾揣着怎样的一团火。

而他心下明了：终有一天，自己将再也无法一滴不漏地挽住往昔。逝去的岁月将渐次剥离，松开，溜走，终有一天仅剩只角片瓦可供捡拾——一缕气息，一个手势，抑或一句话语。

火车继续穿过山谷。身边的士兵也正盯着旷野里的一家子出神，小兵的指甲糊着干泥，闻上去有股疲惫和呕吐物的味道。

当时他们还未认出对方——身边这个小伙曾与他一起趁着暮色走过乡间小道，曾经在庄园上下攀爬，曾经翻过筋斗，为提线木偶配音。

一年后，他们将与巡逻队站在一个橘园中，被严寒冻僵，遥望着山脊上一只孤零零的羊。那时一声呼啸破空而来，地面炸开，将他们埋在其中。

而那天在火车上，身边小伙掀起了自己肩上的毛毯，好心好意让了一半给亚汉。他对着旷野点点头，眼睛眨也不眨。

“逐雪人。”鹏说。随后两人双双望着东翻西找的一家子，一刻也舍不得挪开眼神：那一家人跋涉雪中，活像机变百出的杂耍师。火车飞驰而过，他们明晃晃的身影在夜色中愈来愈小。

The fourteenth chapter

在他乡

十四

有些日子，他笃信人生至此绝不会再掀波澜。他已来到此地，停留其间，开创了新生，掀开了另一页。

他常回那棵树旁。天色未亮便去，背个空荡荡的单肩包，将脚踏车推上山坡。

这些年来，他已开始送报，风一般穿行于山城。他驶过自己负责管辖的大街小巷，伸手从背包中取出报纸，向各家各户抛去。要是中途遇上其他送报员，他便拧亮手电筒，对方也闪灯回应。

送报员们匆匆而去，正如其匆匆而来。清晨那一小时，脚踏车轮在鹅卵石径上碾过一声又一声，手电亮起一下又一下。骑单车的送报员将点点光亮洒遍城镇与海岸，直至他们一个接一个没了踪影。

那些早晨他疲惫却清醒，有点懒洋洋，却又好似蓄势之弦。天气已经开始热起来，他把湿衬衫晾到一根树枝上，在山脊躺下，取帽子掩住眼睛，感受青草的凉意。

他等待着黎明——等待小镇露出熟悉的轮廓，等待滚滚白浪、万顷碧波。远处海滩新建了一家旅店，沙滩上三三两两散落着的遮阳篷，统统收起了伞。

他转过身，掀开帽子凝望陆地，手托下颌躺着，面朝远方：眼下那儿的道路已围上了栅栏。山脚还有两个庄园，烟囱冒出的炊烟袅袅升起。

随后马匹便会现身。骝毛马，菊花青，纷纷越过绿野，到围场吃草。他一匹接一匹数数——最近他已经开始为这群马点数了。

某些早晨会有一两匹马跃过栅栏到公路上转悠，直到被农场工人或卡车司机发现。一次，几匹马登上了山峦，站在亚汉眼下所躺的山脊，远眺城中屋顶与一片汪洋，而小城居民纷纷察觉，马匹在斜坡上投下长长的影子。

天色已然大亮。群山轮廓分明，公路空空荡荡。

他起身取下衬衣，把包往肩上一挎，推着脚踏车走下草甸，向小镇走去。

经过教堂大门时，他朝小屋挥挥手：佩谢正在那儿写东西呢。他经过商铺，闻见咖啡与面包店的烘焙香味；一扇高高的窗户传来了人声；从两栋楼之间能一眼瞥见海边，碧波之上零落地飘摇着几只独木舟。

到了裁缝铺，他打开店门——只听“叮当”一响，随后推着单车穿过房间，摆在师父住过的那间屋里。煮水泡咖啡、吃片黄油面包、洗个澡、换套西装，再仔仔细细对着卧室门后的穿衣镜系上领带。

他回到店里，拉起百叶帘：阳光洒了满屋。他翻起窗上的营业招牌，拂去假人肩上的线头，到桌旁查了查记事簿，又从衣架上取下一套西装，摆上缝纫桌。他打开吊式风扇，坐到桌前。

那是1963年的前几个月，亚汉三十四岁。小镇的一天就此开始，他在干活——将布料从接缝处拆开。

裁缝铺这方天地并未改变多少。刀剪针线、零头碎脑，仍跟老裁缝操持时一般模样。衣架上与抽屉里摆着布料，按颜色、质地分类。两台裁缝桌还在老地方，不过左边一台再没有人碰。店后垂挂朱红门帘，每当亚汉在暖和日子里推开店门，门帘便来回摇曳。他还用着同一个水壶，同一只杯子，二楼卧室对面那间屋还用作仓库，木箱里装满存货。

长裙与西装有了新款，小店顾客添了生面孔——某家店主，某位太太先生，但也有些光顾裁缝铺十多年的常客。小裁缝给那位养鸟的女士送衣服，听她跟死去的丈夫聊天。有些孩子以前找他裁制教会服装，年岁渐长后也照常光顾，跟那位在政府吃公家饭、五年前退休的男人如出一辙。

裁缝铺的顾客里也有农夫。他们将衬衫下摆扎进干净清爽的牛仔裤里，靴子擦得锃亮，打理好发型，带上年幼的儿女，准备在城里待上一晚。小家伙们却把脸紧贴在糕点店的窗户上，又跟妈妈一起在厨房等候，边等边喝汽水，他们的爸爸则不好意思地不肯进门。

完工后，亚汉穿过大道，给农夫的孩子买了几杯鳄梨冰激凌和一袋椰子饼干。孩子爸爸在衬衣上擦擦手，握一握亚汉的手方才离开，边走边打量店面橱窗。

这些年来，他已然会讲一口流利的葡萄牙语，摸清了词源与发音，毫不费力地与镇民随口攀谈，问问日子过得怎么样，聊聊天气。他跟顾客们打趣，到理发店闲扯八卦。

他花了许多时间探游其他街区，倒比花在自家小区上的工夫多，四处发放他为自家裁缝铺撰写的广告。

人们时常在小镇和港口各处见到他，胳膊下夹着一包衣裳。大家认出他来，纷纷打声招呼，尽管从未有人对他称名道姓。

“是裁缝呢。”镇上居民都这么说，仿佛他一直扎根于此。

两年前，他的水手朋友离开了人世：某日船只靠岸，却不见水手的身影，其余年轻船员摇了摇头。

“很遗憾。”船员们一边说，一边将待签的文件递给他，又从船上卸下布料。

亚汉推着布料走上大街，忍不住地发抖，却死活不肯缓口气、擦擦脸。人们满头雾水地盯着他，直到有人冲上来帮了一把。

从此他不再从日本订购布料，倒是让小镇北边的一家纺织厂给店铺供货。

但他还穿师父为他缝制的衣裳，衣领磨破便补一补，纽扣松了便缝一缝。

他常常思念老裁缝。有些日子，他停下手头的活侧耳倾听，等待身后传来话语和动静：椅子“吱吱嘎嘎”，拖鞋“吧嗒吧嗒”，要不然另一台缝纫机轻轻嗡鸣，火柴“嗤”的一声亮起来。可惜除了自己那台缝纫机和街市喧嚣，他什么也没有听见，但他仍然一动不动，满心希冀。

一次，他莫名闻见了老头的气息：烟叶味，柑橘味，再加上一股香皂味。那味道转眼即逝，但他笃信自己没有弄错，只是不知它究竟从何而来：是来自窗边某个人呢？还是裁缝店本身呢？仿佛屋角檐前留下了雪泥鸿爪，店里的匣子与布料染上了几分余韵。

他朝门口张望，想起初次进店那天：铃铛“叮”的一声，老裁缝迈着小心翼翼的步子慢吞吞走过来。

没错，他们师徒间一直话不多，因此他挺吃惊：有时候，他记得的偏偏只是师父的声音，让他想起故国之秋，想起干巴巴的风，从山间飘向小镇的纷纷落叶——他曾在故国度过生命的前二十年。当师父开口讲话，听来好似片片秋叶在空中翻飞。

有些日子，他笃信人生至此绝不会再掀波澜。他已来到此地，停留其间，开创了新生，掀开了另一页。

而在这些时刻，这般寂静之中，裁缝铺的一方天地好似豁然洞开，仿佛每晚他沉入梦乡后，地板与墙壁会一路延展，满载当初生长林间曾有的生机，载着几许他无法辨明的、无声无息的波动。

他想：我住在一座森林里呢。某日醒来，会看见枝条攀上空中，绿叶青藤投下阴影，假人立在角落中，深深植根大地。

他还睡在裁缝铺楼上的房间。初来此地第一晚曾见过的那位女郎，当时在街对面阳台上的那一位，眼下已嫁作人妇。有时他与对街女郎碰巧同时往窗外张望，便向对方挥挥手。

他们还曾搭过一条晾衣绳一起挂衣服，可惜被人偷走了——至于如此高空是怎么得手的，亚汉至今没有想明白。把两家衣裳晾到同一根绳上确实有点异想天开，不过有那么短短一阵子，他们两家确实曾共用一根晾衣绳，而有时他乐意想象它还在那儿。

时至今日，他会隔着一条街跟她闲谈，聊聊日子过得怎样，什么时候会下雨。某次她大声问，有什么妙招让她家丑男人跟亚汉学几分俏呢？——声音大得响彻小镇。随后对街窗口便冒出了丈夫的身影，一把扛起她去了挂有帘子的房间，女郎快活地尖叫起来。

亚汉的卧房中仍是那张桌，那张椅，孤零零一个灯泡，地板上铺着床垫，还有那个锡盒，以及很久以前找到的那只茶杯。

某些晚上，裁缝铺关门后，他会去老头的卧室。花了整整一年，他才鼓足勇气回到这里：师父的家什无一不是原样，拖鞋摆在床边，衣衫要么收在小抽屉里，要么挂在窄窄的壁橱中，墙上有颗孤零零的铁钉。

床头柜上有几本书。有时他会翻一翻，大多是些历险记，用日语写就，但有些词他已经记不得了，因此无法读懂全文。

他躺到床上，将一本书捧到胸口，抬头望墙：上面挂着师父二战期间摄于种植园老宅前的旧照，佩谢把照片给了他。

亚汉想知道（他时常好奇）：老裁缝一生历经何等波澜；在此地生涯开始之前，又曾有过怎样的前半生。他遥想师父的青春时代，望见一张年轻的脸，望见一个家，望见师父身穿军服，在俄国远东伸出手，将某个男孩腹部的伤口缝合在一起。

那些晚上他也想起水手，想起水手的太太与儿女。他想知道，那一家子是否还住在日本某个海边小村中，那位太太是否仍旧在酒店干活。

水手过世后不久，他曾给她写过一封信，却一直没有寄出。信正躺在卧室的饼干锡盒里，好端端摆在名片和雇佣证明上——九年前，他正是随身带着它们来到此地。

在师父的房间里，他把书放回床头柜，随后起身铺床，理平毯子，抹去自己留下的痕迹。

The fifteenth chapter

希望与新生

十五

他希冀无论身在何方，他们的生活终归是所希望的模样。

眼下佩谢四十一岁，倒比过去更常与亚汉见面，脖子上无时不挂一副老花镜，用亚汉的包装绳系起来，头发已然发白——还喜欢借此开玩笑呢。

“裁缝，”他说，“这就是你未来的尊容哪。”说完放声大笑。两人正从佩谢的庭园中走过，为花草和蔬菜浇水，往地里撒化肥。

有一年，亚汉买给佩谢一根新手杖作为生日礼物，杖柄雕成船形。欢天喜地的佩谢把玩着手杖，差点在花园翩翩起舞。他用新手杖扮成宝剑，装腔作势向亚汉冲过来，亚汉闪身躲开，拾起一根树枝。两人顽童般斗来斗去，直到牧师的喊声传进耳朵里，才低头望见地上被踩坏了的西红柿。

随着年岁渐长，佩谢变得愈加朝气蓬勃。一晚亚汉被窗边一声巨响吵醒，探头到窗外，发现佩谢拄着手杖站在街中，正往他家扔石块呢。

佩谢身穿一套西装。亚汉还从未见过他穿西装的模样。西装颜色好似沙滩，样式则是多年前的旧款，领上别了朵花。

佩谢高声叫嚷，让亚汉好好打扮起来。

“再给我弄条领带。”他说。于是亚汉乖乖照办了，几分钟后出了屋，借着街灯的光亮为佩谢将领带系好。

佩谢挽起亚汉的胳膊，领他走下山坡。

亚汉被带到一间夜总会。看来女老板认识佩谢，领他们到了一张预订桌旁。两人点了鸡尾酒，面朝一方小舞台，台上有支爵士乐队正在进行演奏，一位歌手身穿轻薄的蓝色长裙，款款扭臀。

他们待了一整夜。一位女郎过来，佩谢将她搂到怀中，让她坐在自己腿上。又来一个女郎，握起亚汉的手腕。还没有来得及回过神，他便下了舞池，女人伸出手臂搂着他，一阵香水的气息，一双涂过的唇。女郎迈步贴近他，亚汉觉得她的臀堪堪拂过，而他搂住她的纤腰，两人在灯光幽幽的舞池中旋转。他寻找着女郎的目光：他们之前见过面吗？

她说："你根本不会跳舞嘛。""不会。"他微笑道。女郎将头往后一仰，笑了起来，玉颈在夜场灯下光彩荧荧。

她让他乖乖跟上，自己跳起了男步。

他们共度了整整一晚与一个清晨，女郎教他跳舞，他的夹克沾上了她的一缕秀发。

她名叫安娜，数月前从巴西利亚来到此地，母亲是西班牙裔，父亲是葡萄牙裔；芳龄二十七岁，是一名教师。这也是安娜第一次踏足夜总会；还是她第一次涂唇膏呢。

他们的恋情持续了一个月。她会等到深夜降临，待亚汉的左邻右舍沉入梦乡，才偷偷溜进裁缝店。他领她上楼，在那间天花板低矮的屋子里共度一晚。

安娜闻上去仿若咖啡，仿若嫩叶。她用多余的布料裹身，有时他扛着她在大屋里转悠，上楼又下楼，去了一间又一间屋。他为她缝制了一条裙，为她量身。有几夜，他枕着她的肚脐睡去，倾听她的呼吸，感受她的活力，她那肌肤之下的方寸之地。

他们并未将彼此的存在告诉任何人。有那么一些时刻，他曾以为日子将如恋情初绽时一样过下去，但事实并非如此，他一直说不清缘由，不过，无论当初是怎样一种狂潮席卷了两人，浪头已滚滚逝去。他们都心知肚明，尽管并未明言。那浪潮稍纵即逝，盛放宛如流星。

时不时，他会在集市或街上遇见她。两人挥挥手，问问对方过得如何，互致祝福，随后分道扬镳各奔东西，而他一路回味着与她共度的片片时光。

终于有一天，他们打了个照面，却没有停下脚步。也许并非故意，也许当时两人正忙得抽不开身，或彼此有几分不好意思。但后来他合眼睡去，昔日的时光也随之淡去，到次日清晨醒来时，他再也说不清一切是否曾经发生。

某日他在教堂里帮佩谢拖地板，瞧见了一份送报员招聘广告。在办公室等候时，亚汉望望身后等待的年轻男女。少男少女一个个把手揣在口袋中，趁招聘主管不注意冲着亚汉扮鬼脸。

他分到的送报路线比年轻人短一些。他买了辆脚踏车，每日趁天色未亮为各家送报。有一些清晨，他送完报纸便登上山坡远眺骏马；其余时候骑单车驶过海边大道，在昔日的聚居地与种植园旧址旁停一停——种植园旧宅已经翻修成了一所学校，旷野则摇身变成了一个足球赛场，周末的时候他和佩谢还前去看球呢。

依着佩谢的主意（佩谢这家伙死活不改口），他们坐在露天看台的高处，尽览长长的绿野，目光追随着球员身上流光溢彩的制服。

曾住在聚居地的人大多数已不见了踪影。他知道其中一些渔民在某个小海湾旁建了个渔村，但也仅此而已。其他人的下落他不清楚，不知道他们究竟是聚在一起，还是四处星散，不知道他们究竟是在这个国家四处流浪，还是行得更远，遥遥漂洋过海。

他想起抛掷鞋帽的盲眼杂耍师。人们给什么，杂耍师便向空中抛什么。他想起一个小子带着一副不存在的望远镜，面朝海岸。一位少女开口细语，嘴唇拂过他的耳朵，一只手抚过他的手。

他希冀无论身在何方，他们的生活终归是所希望的模样。

进了一个球。佩谢起身高举拐杖，大声喝彩，亚汉也欢呼起来。

一天天就这么过去，日复一日，年复一年。傍晚时分，他爬上老旧的楼梯进到卧室，在窗边伫立，脖子上盖一块凉爽的毛巾。风扇转个不停，他倾听夜总会传来的乐声。有架飞机，对街女郎正开口讲话。

十六

那声音曾经叫过他的名字

The sixteenth chapter

他开始四下里找她，却不知从何找起；他将小镇翻个底朝天，要寻一个已经五年未见的人。或多或少，他说不清自己寻觅的究竟是谁，他回想着她当初的模样。他探望佩谢——说不定佩谢跟她见过面呢。可是守园人对此只字未提，亚汉也就没有吭声，把她的裁缝铺之行默默揣在心中。

一年夏天，裁缝铺门上的铃铛响了一声，又没了动静。裁缝铺刚开门营业，店里空空荡荡，亚汉从裁缝桌上抬起头。

他望见一个女孩将手抬到半空，捏着铃铛不让它响。她有小巧的鼻子，一张瓜子脸，剪短的淡色秀发好似男孩发型。

她穿着凉鞋，一条绿色长裙及至小腿。肩带纤细，但看上去挺结实，末端有纽扣。他心下倾慕那简洁的衣饰，那佳人倚门的简洁造型，半遮半掩的姿势——微抬玉臂、踮起脚尖。

他等着绿衣女开口讲话，说说自己的来意，但她并未这么做——她定定地伫立在铃铛旁，松开手，用指尖碰碰铃："丁零"又是一声。她的目光始终没有从铃铛上离开，仿佛正在等它跌落，她用双手捂住了耳朵。

"铃声很吵吗？"他终于开口问道。

他说的是葡萄牙语。

她摇摇头，指指窗外。她说，前些天从街上就能听见铃响。她说，听起来铃铛好新呢，她喜欢铃声落到身上。

"好像这样子。"她说着在耳边晃晃两手，嘴里学着"嗡嗡"声。

"没错。"他笑了，她也笑了。

她还待在门口。屋外阳光灿烂，她的轮廓仍半隐半现。她转身向他走来，他们对视了片刻。

他低下头。再次偷瞄绿衣女时，她正四处端详，瞧瞧桌椅盒盏、倚在墙上的衣料、用纸裹好的衬衫。他注意到她的腕上戴了只手镯，用各色彩线织成，年代久远，简洁优雅。

她走近裁缝的假人，细看它肚子上的针脚，眼神越过他

裙，望着她在人群与阳光中时隐时现，目光紧紧追随着她肩膀的轮廓，她那凉鞋叩击鹅卵石径的“啪啪”声。她不见了。

他开始四下里找她，却不知从何找起；他将小镇翻个底朝天，要寻一个已经五年未见的人。或多或少，他说不清自己寻觅的究竟是谁，他回想着她当初的模样。他探望佩谢——说不定佩谢跟她见过面呢。可是守园人对此只字未提，亚汉也就没有吭声，把她的裁缝铺之行默默揣在心中。

他想知道是否自己犯了糊涂，将绿衣女郎在店里的一番话会错了意；他听到的并非她的声音，而是其他人的。

几天之后，铃声响起，店门开了。她站在初次到店伫立的地方，默然不语；他在裁缝桌边望着她。

“嗯。”她说。她的手指颇为不安，仿佛还想说些什么，或在等他说些什么。

她跟上次一样环顾店铺，随后匆匆出门。

次日她才再度现身，这一次倒是待下没有离开。她身穿绿色长裙与凉鞋，一直站着，跟他隔一段距离，短发分明梳理过。她不停拨弄手链，他挺好奇：是她自己织的、买的，还是有人送给她的呢？她在店里的动作挺别扭，仿佛已不习惯狭小的空间。他为她端来了清茶。

第一个星期，比亚从不在店里待太久，来不来也说不准。她来的时候，他一直不知该说些什么。他等她告诉自己落脚的地方，但她没有提；他等她告诉自己过去五年的生涯。

他问她去了哪里，她答“天涯海角”，再没说别的。

过去便总是这样，他们两人便是这般度日。不过时至今天，在无言与羞涩中，他们回忆着彼此，仿佛对方是一块镜片，可以借之张目四望。慢慢地，两人相处自在起来。

“待会儿见。”与他道别时，她总这么说。

他从来说不准，是明天就会见到她呢，还是一周后，或许，眼前就是最后一面。

但她仍旧光顾店铺。有时清晨来，有时下午来，也有时在店外等，直到他透过窗户注意到她倚着老裁缝的脚踏车——多年来，她一直留着这辆车。

眼下她二十四岁，每天坐在老裁缝坐过的位置，窝在椅子里喝茶。如果亚汉有活要干，她便任他干活，自己打量着过往行人。

有时她似乎正是他记忆中的模样，但变得更加胸有成竹，他能从她的话中听出自信：她年岁见长，口气变了。如果客人进店，她便打声招呼，夸夸女士的长裙与男士的西服，他们一个个好奇地打量她，揣摩她的身份。

他们一直只在店里见面。她合上眼躲开阳光，把头歪向一侧。她素来爱这姿势，日后他会逐渐熟悉并期盼：他就爱她这副模样呢——行动之间，她身上未知的点滴便会突然显露。

但也有些时候，他无法动弹，也无法看她，生怕一切是一场白日梦，她压根不在身旁：有可能的嘛。他这么想着，空虚顿时滚滚袭来，仿佛只剩下一具伏在裁缝桌边的皮囊。他还能听见她在身后发出响动，心中却涌起阵阵哀伤，尽管其缘由无法说清：那似乎与她毫无干系，而是挥之不去的旧日阴影。

当然啦，她确实好端端地在店里，并未离开。挨着远处那面墙站着，抱着手肘，她正浏览货架呢，仿佛一脚踏进的是个图书馆。

某次给一条长裤卷边时，他听见她把壁橱翻了个底朝天。随后一阵沉默，他往店铺深处张望，她却已不见踪影。

片刻后，她穿过门帘在厨房里现了身，身穿一套西装：灰色，是师父为他缝制的。她戴着一顶窄檐帽，耷拉下来遮住了眼睛，脖上垂着条深蓝领带。

“帮忙呀。”她说。

夹克她穿起来太大，肩膀实在太宽，但他将她转过身，不禁慨叹眼前佳人。他扶她走到窗边，她便立在那儿向窗外望去，窄檐帽微微有点歪。路上行人纷纷停下脚步，想瞧瞧她会不会动弹。

但她一动不动，以同一姿势待在原地。后来她换上亚汉缝制的一条长裙，又回到窗口。附近的小孩在街上扎堆，向她挥手臂。她不时冲孩子们眨眨眼睛，偶尔俯身大声威吓：

“嘘！”小孩一个个装作吓得够呛，轰然作鸟兽散。

她开始为他帮忙。来得很早，带着饼干与水果，一溜烟穿过屋子去冲咖啡，光脚丫一路轻叩木地板。她陪他送货，他进门时便在人行道上等。在店里，她将缝制好的衣裳包起来，打扫屋子各处的货架。亚汉为做西装的男客人量身，她便站在他身旁，手捧一本笔记。

关上店门后，两人一起听收音机，听上好几个小时。调到一个播放法国歌的电台，比亚轻轻用脚打着节拍，跟着调子哼唱——练练法语嘛。要不然两人便听新闻，一个男声谈起诸城与他国，一室尽是低语。

每天下午有那么一小时，她会坐到清的缝纫机前，细细沉思。亚汉的目光越过她，落在她那双不歇气的手上。

他想知道：看到她待在自己的缝纫桌前，清会怎么想呢。最近他才恍然大悟：他竟然是老裁缝的开山弟子呢，也是唯一的门生。他至今不知师父当初为何收下自己：清是自告奋勇要收徒，还是答应了别人的主意？

入门的第一年，有一晚，他从梦乡中被师父摇醒。他不知道，自己在梦中竟然发出了尖叫。他定不下心，双目失神，汗湿了衣衫。师父伸出双臂搂他入怀，扶起他，备好洗澡水，取来店里的脚凳坐在浴盆旁，用温水帮徒弟冲洗，为他擦背。亚汉坐在水中抱着双膝，死活不肯放开师父的手。

他想知道，当下的生活是否跟诸多岁月一般遥不可及。怎么可能嘛：望着她身穿绿裙弯腰伏在缝纫桌前，用缝纫机摆弄多余的布料，秀发用一根裹衣服的麻绳拢起来。

某天她给他带来一卷布料，扛在肩上。亚汉把着门，她风风火火地进屋，身上已经被汗水濡湿。

“他们正准备把这卷布扔了。”她说，“在纺织厂。那是新修的，对吧？那家工厂。你想要的话还有呢，我只扛得动一匹。是好货色，对吧？”

她伸手抹抹脸，拍拍布料，一团灰向她扑来。她闭上眼睛，皱起了眉头，亚汉大笑着跑进厨房，在水龙头下弄湿一块毛巾。

回到店中，她已经落座。他站着为她擦掉灰尘，从面孔开始，擦过她的肩，她的手。两人没有吭声，他感觉她在注视自己。她的手指结着老茧，指甲缝嵌有陈垢。他展平她的手，用食指追随掌纹；她歪歪头，没有拦他。

当天晚些时候，他闭眼享受着满室阳光。一个影子晃过，他听见响动，却没有睁开眼睛。慢慢地，她的手拂过他的头发、歪鼻与伤疤，她的唇贴上他的眼帘，又换成另一只眼睛。动作很轻，几乎犹豫不决；他感觉她的呼吸吹过额头。

今夕何夕，竟浑然不知。他听见铃铛叮当作响，睁开了眼睛。

十七

世界温柔顿生

The seventeenth chapter

世界温柔顿生，不再张牙舞爪。他们发现几扇还亮灯的窗，指了一扇又一扇，想象着众生百态：他想象千万扇窗口后的人，他们谱就了他生命中的某一乐章，他们一直置身千家万户，在离他不远处。

夜晚时分，她乘着脚踏车沿大街骑行，在路灯灯光下时隐时现。“亚汉！”她高声叫道。他把头探出屋，举起一根手指到唇边，匆匆穿过裁缝铺。

她随他穿过门帘上了楼。她还从来没到楼上来过，于是往他的卧室张望——只瞥了瞥，目光扫过各个角落，又继续沿楼梯前往屋顶。

夜色清澈，暖意融融。他翻折好椅子，两人并肩坐着，脚搁在屋顶边上。不知何处，一支小号悠悠吹奏。

世界温柔顿生，不再张牙舞爪。他们发现几扇还亮灯的窗，指了一扇又一扇，想象着众生百态：他想象千万扇窗口后的人，他们谱就了他生命中的某一乐章，他们一直置身千家万户，在离他不远处。

他听见比亚说：“哦。”

耳边传来某物落上街道的声音。她抬起一只脚，他发现她少了一只凉鞋。

他们从屋顶往下瞧：她的凉鞋躺在人行道上，正好被路灯灯光照亮。他们等着，想看看是否有人经过，可惜街上空无一人。他们又盯着那只鞋，仿佛它会猛然活过来。

她的手攀在屋顶的边缘，他千方百计回忆她是否还是旧日模样：眼前的女郎是否还有当初女孩的影子？他想起她在长长的小路背着桑蒂，男孩女孩耐心地在集市坐上一整天，兜售他们的手镯。

他想：我怎会来到这片屋顶，到了这个小镇，这个国家，而比亚又再次走进我的生活？他想知道：她是否以前就曾回来，而他们错过了对方？他又一次好奇她这些年的经历：见了些什么，离开了什么，回到这里又是期待着什么——如果她有所期待的话。

他们还靠在屋顶边。夜气渐凉，月光洒上小镇的一片片屋顶。

“一天早晨我醒来，”她说，“记起了你。就这样，也许你在我的梦里。”

她的声音慢了下来，盯着仅剩几扇亮着灯的窗口，头枕在手中。天穹中，一抹小小的阴影掠过一根电视天线。

“就这样。”她说，“过了这么多年，我记起你在雨中伫立码头，肩上挎着包；记起你那老式西装，歪鼻子，胡须与短发，看上去很累，很伤心。我记起让水手把蓝色雨伞给你，你举着伞，拿不准该怎么用。你向卸货的船员挥挥手，一只手捂在心口上，仿佛在祈祷，叹息，或有点害怕。我又看见在这里度过的日子，看见桑蒂与清，看见你在山坡等我，带着一辆脚踏车，一件童衣外套。我想到那场战争，你活了下来，但它在你的嗓音中留下了痕迹。我想到自己曾经背负的往昔，不过那景象已经很久未在我眼前浮现。

“于是我站起身，吃片面包喝了杯水，梳梳头穿戴整齐，蹬上脚踏车，心里想：亚汉，你到底去哪儿了呢？”

那晚比亚在屋顶上睡着了，睡在椅子上，斜倚着屋顶边缘。他老老实实陪着她，再伸出手臂抱起她。

他迈步走过屋顶，带她下楼进了厨房，打开房门将她放到床上。他为她盖上毛毯，却又改了主意——她身上暖洋洋的。他解开她的凉鞋扣，将鞋在地板上摆好。她侧躺着沉沉入睡，他伸手摸摸她的秀发——只摸了一下，这么短的头发还是不太习惯。他在门边伫立，望着她。

他匆匆进了裁缝铺——途中经过她的脚踏车，出屋取回另一只凉鞋。

夜色已深，大街一片静寂，空气中有水果香味。他站在人行道上，面朝裁缝铺。从橱窗玻璃中，他可以看到身后的大楼，它那打开的阳台门。楼层之上，便是明月。

他低头看见自己：黑暗中，他的倒影模糊不清，手拿一只凉鞋。曾经一度，他和父亲为彼此理发，将剪下的碎发撒在林间，好让鸟儿们做窝。

他想：那是多久前的事情，他还曾经相信那些鸟窝会长成树呢。

The eighteenth chapter

心之所属

十八

她又划一桨，停住手一动不动。他们随舟离城而去，他望见她站起了身。她举高双臂保持平衡，迈步向他走来，一步步走过了独木舟，在暮色降临、万家灯火亮起之时。

次日醒来，他发现师父的房间空无一人。床已铺好，床单毯子叠得规规矩矩。他靠在门上，一只苍蝇围着天花板一角团团转。他掉转目光瞧瞧床头柜、照片、墙上光秃秃的钉子，以及床下的拖鞋，再次低头打量床铺：说不定还能看出她的倩影呢。

可惜找不出一丝有人待过的痕迹。在空荡荡的房间，他知道她又走了。

他出了裁缝铺，没搭理门上的营业招牌。稍停脚步，等着眼睛适应阳光。一阵风吹过街区，隔壁药店正开门营业，面包店里已排起长龙。在他头顶之上，透过阳台上打开的窗户，邻居浇着花花草草，她的丈夫摆弄着电视机的旋钮。

他登上山坡，经过教堂进入绿野，向山脊走去。他在树下歇了歇，匆匆端详海边、山间、已有马匹吃草的农场。路上空无一人，他手搭凉棚一直等。

那人走近身边时，他才听到脚步声，扭头看见佩谢喘着粗气，身穿一件破衬衫，摘下眼镜，用手帕擦擦额头。

“这家伙也没全废哟。”佩谢说着用手杖拍拍自己的腿。

他握住佩谢的胳膊扶他，但守园人摇摇头，从口袋里掏出一架望远镜。

“是我母亲的。”他说，“她在岸边找到的，许多年前的事了。沙中宝珠，按她的话说。她捡起望远镜朝里望，身子还摇来摆去。透过镜头，她看见一个男子划船向她驶来，是个渔夫。三个月后，她嫁给了他。”

佩谢将望远镜拿到眼前。

“以前我站在这儿，用它观察集中营，瞧瞧清如何把石头扔到空中，或者找找我父亲——他们沿海岸线打鱼，在浅水区捉贝类。有时我整天带着它，也不知道是为什么。来，试试看。”

透过望远镜，亚汉望见一块高大的巨石上聚着海鸟，新酒店的旗帜，一根屋顶晒衣绳上挂着鲜红的T恤。

佩谢向后仰头，端详那棵树。

“我还从来没有爬过这棵树呢。”他说。

他捶捶腿，咧嘴一笑，摁住亚汉的肩。

他说：“帮把手呀。”然后扔掉拐杖，整个人靠在亚汉身上。

亚汉哈哈大笑，伸出胳膊搂住佩谢的腰，能举多高举多高。佩谢伸手攀到一条枝丫，亚汉用手托他一把，转眼间守园人就高高地坐在了树上。

亚汉拾起手杖钩住一根树枝，把望远镜还给佩谢，守园人往后一仰合上眼。

“亚汉，”佩谢说，“多谢，我要在这儿待一会儿。”

亚汉不知道佩谢会如何爬下树来。不过佩谢依然闭着眼睛，拍拍自己的胳膊。

“这家伙也没全废呢。”他说。

他挥挥手，亚汉也挥手。

听到佩谢的声音时，他正越过草甸。

“去渔村试试。”佩谢说。

清风拂过。远处高高的树上，他看见他的朋友举起望远镜，朝向大海。

他沿滨海大道离开小镇，经过港口与船只，再往南，离开公路下到海边，随弯弯曲曲的海岸线在沙滩前行。

一块高高的悬崖下有个小海湾，树丛中隐隐露出民宅：那是一个个窝棚与斜蓬，屋顶由锡片与茅草搭成，再加上捡来的瓷砖。炊烟从细细的烟囱中袅袅升起。

男男女女现出了身影，横穿树林走向海滩上的独木舟。途中经过他身旁，有几个点点头，一群人弯腰将独木舟往前推，小舟在沙中斩开一道波浪。

离树丛不远的地方，一根木材上搁着一个打开的小包。他弯下腰：包里叠着一件冬装外套，他瞧见旧衣领、破衣袖、已然褪色的布料。他摸摸那上衣，握住雕有船锚的纽扣，不禁流出了眼泪。

村民们并未搭理他。他擦擦脸，松开领带，一屁股坐到放包的木材上。

亚汉在那儿待了一天，看一家又一家人前往海中，又有别人从海边回来。他倾听铰链的吱嘎声、脚步声、海鸟的声音。

一个男子向他走来，胳膊下夹着一摞报纸，身材高大，长着一头长长的白发，闻起来有股柴火炉的烟味。来人揉揉眼睛，打个哈欠，打开包：里面是这家伙捕到的六条鱼。他问亚汉想不想来点美食，亚汉摇摇头，谢了那人，对方耸耸肩，把鱼搁进篮子里。

到了下午，孩子们的声音从林间传来，他们聚在他身旁，问他是不是镇上的裁缝，又在这里做什么，他们轮番细瞧他的领带和他身边搁着的外套。

一个女孩拿了个足球。亚汉脱下鞋，跟孩子们在海滩上踢足球。他拔足开跑，他们紧追不放，在沙中留下万千脚印。

他帮一家人生起篝火，又回到那根大木材旁边，把香烟分给村民。一个男人给他送来一件衬衫和一根线——这男人还有点犹豫不决呢。亚汉便补上破洞，那人又取来他家孩子的衣服，亚汉也一一缝好。

黄昏时分，他望见好些小舟驶进海湾。它们从南边来，星散在水面上，沿海岸线行驶。

比亚也在其中，戴一顶草编宽檐帽，绿色长裙挽到腿上，划桨进了海湾。

在她周围，渔民纷纷跳进水里，将独木舟拖到岸边，拿着一桶桶贝类和渔网，爬上沙滩朝家走去。

他一步步走近她。他以为她会跟众人一样上岸，但她还坐在船上，小舟随波漂荡。帽檐在她的双眼投下了一圈阴影，他不知道她的眼神落在哪里。

在那一刻，他无比渴望见到她的脸。

“嗯，上来吧。”她说着抬起手。

破天荒第一次，他觉得她的声音里有几分不好意思。突然之间，海湾里的她显得那样娇小。

于是他迈步踏进水中，爬进独木舟。她引着身后的他上船，他感觉她的手凉而湿润。

他的长裤湿透了，她露出微笑——她正手握一支桨，锡制的桨身，破扫帚柄做成的桨柄，脚旁搁着空桶与渔网。

她微微掀起帽子，顿了顿，转身面对他，低头望着自己的手。

“亚汉，”她说，“这种事我不太在行。”

她陷入了沉默。村庄的响动传到他们耳边，带足球的女孩站在那段大木材旁，等待着。

他们从海湾驶进大海，朝山城而去。时近黄昏，阳光仍亮闪闪地映着他们，映着碧波。小舟循海岸线前行，他坐在她身后，她的帽子投下长长的阴影，扫过女郎的手臂与肩膀。

炎热退去，凉风忽至。他感觉独木舟悠悠荡荡，望着她后背的海水渐渐变干。小舟劈开一道尾流；他的呼吸与她的船桨互相应和。波平浪静，他探手入海。

快到港口了。他望见小镇，仿佛初次相见；他抬头远眺小山山巅，望见林间有颗孤星，悬在绿野间闪烁，随后不见了踪迹。

他以为她会开船进港，但不对——她继续驱舟循着海岸线前行。岸边有个男孩正收起遮阳篷，一只接一只，红白相间的条纹随之消失。

“比亚，”他说，“桑蒂在哪里？”

可她没有答话，只是划桨不停，而他想起条条河流——想起自己曾傍水歇息、越过河川；想起一些河流曾夺去人的生命；想起水之速，水之形。

他说：“比亚，这次别走了。”

她又划一桨，停住手一动不动。他们随舟离城而去，他望见她站起了身。她举高双臂保持平衡，迈步向他走来，一步步走过了独木舟，在暮色降临、万家灯火亮起之时。

（全文完）

图书在版编目（CIP）数据

异乡人 /（美）尹（Yoon，P.）著；胡绯译.
—长沙：湖南文艺出版社，2014.7
书名原文: Snow hunters
ISBN 978-7-5404-6790-6

Ⅰ. ①异… Ⅱ. ①尹… ②胡… Ⅲ. ①长篇小说-美国-现代 Ⅳ. ①I712.45

中国版本图书馆CIP数据核字（2014）第129451号

著作权合同登记号：图字18-2014-108

上架建议：外国文学

异乡人

作　　者：［美］保罗·尹
译　　者：胡　绯
出 版 人：刘清华
责任编辑：薛　健　刘诗哲
监　　制：蔡明菲　潘　良
策划编辑：马冬冬
特约编辑：刘　筝
版权支持：文赛峰
营销支持：尤艺潼
装帧设计：@broussaille私制
出版发行：湖南文艺出版社
（长沙市雨花区东二环一段508号　邮编：410014）
网　　址：www.hnwy.net
印　　刷：北京鹏润伟业印刷有限公司
经　　销：新华书店
开　　本：880mm × 1230mm　1/32
字　　数：105千字
印　　张：7
版　　次：2014年7月第1版
印　　次：2014年7月第1次印刷
书　　号：ISBN 978-7-5404-6790-6
定　　价：32.00元
（若有质量问题，请致电质量监督电话：010-84409925）